F

ANTÔNIO XERXENESKY

F

Companhia Das Letras

Grafia atualizada segundo o Acordo Ortográfico da Língua Portuguesa de 1990, que entrou em vigor no Brasil em 2009.

Capa
Bloco Gráfico

Foto de capa
Janus Films, S.L./ Album/ Fotoarena

Preparação
Leny Cordeiro

Revisão
Camila Saraiva
Thaís Totino Richter

Dados Internacionais de Catalogação na Publicação (CIP)
(Câmara Brasileira do Livro, SP, Brasil)

Xerxenesky, Antônio
F / Antônio Xerxenesky — 1ª ed. — São Paulo : Companhia das Letras, 2021.

ISBN 978-65-5921-060-2

1. Ficção brasileira I. Título.
21-59513 CDD-B869.3

Índice para catálogo sistemático:
1. Ficção : Literatura brasileira B869.3

Cibele Maria Dias – Bibliotecária – CRB-8/9427

[2021]

EDITORA SCHWARCZ S.A.
Rua Bandeira Paulista, 702, cj. 32
04532-002 — São Paulo — SP
Telefone: (11) 3707-3500
www.companhiadasletras.com.br
www.blogdacompanhia.com.br
facebook.com/companhiadasletras
instagram.com/companhiadasletras
twitter.com/cialetras

Nota preliminar

F é uma obra de ficção e não pretende, de modo algum, desrespeitar a memória das figuras reais que foram transformadas em personagens. *F* é uma obra de ficção e, ainda assim, conta o final de vários filmes que de fato existem, como *Cidadão Kane* e *O terceiro homem*, além de dar detalhes do enredo de outros, como *Verdades e mentiras*. Se você pretende assistir a esses filmes em breve e não quer ler spoilers, feche agora este livro.

Eu queria fazer um disco que tivesse o som dos anos 50, depois o dos anos 60, depois o dos 70 e, então... o som do futuro. E eu falei: "Espere um pouco. Eu conheço o sintetizador. Por que não uso o sintetizador, que é o som do futuro? [...] *Eu sabia que aquilo poderia ser o som do futuro, mas não me dei conta do impacto que teria".*

Depoimento de Giorgio Moroder na faixa "Giorgio by Moroder", Daft Punk

O gosto musical de Ludwig [*Wittgenstein*] [...] *era considerado, por muitos de seus colegas de Cambridge, profundamente reacionário. Ele não tolerava nada que tivesse surgido depois de Brahms, e até mesmo acerca de Brahms ele certa vez afirmou: "Começo a escutar o som de máquinas".*

Ludwig Wittgenstein: The Duty of Genius, Ray Monk

PARTE UM

1.

Aos vinte e cinco anos de idade, eu pensava já ter visto muitas coisas na vida. Havia presenciado uma decapitação, dois enforcamentos, uma castração, três mortes causadas por queda de um lugar alto, uma cabeça destroçada por um tiro de espingarda, pessoas importantes e ricas desabarem no meio de uma multidão após um disparo de rifle, um ex-nazista sofrer um ataque cardíaco nada acidental, um pedófilo despencar no poço de um elevador e mais uma dúzia de rostos rígidos e frios, alguns litros de sangue e malas cheias de dinheiro vivo. Naquela época, olhava para esse histórico com orgulho: quantas garotas da minha idade podiam dizer que testemunharam tudo isso? A maioria nem viu o cadáver do avô tranquilo no caixão. No entanto — e pode parecer que estou fugindo do assunto —, eu ainda não havia assistido a *Cidadão Kane*, de Orson Welles, considerado por muitos críticos o melhor filme da história do cinema. Curiosamente, uma obra dirigida, produzida e protagonizada por Welles quando ele era um rapazote de exatos vinte e cinco anos, a idade na qual fui obrigada a assistir *Cidadão Kane* pela primeira vez. Estávamos em 1985 e Orson Welles viria a morrer no dia 10 de outubro desse mesmo ano.

Tento me convencer de que a história da minha vida não é tão confusa. Se não me persuadir disso, será impossível ordenar os acontecimentos. Por isso escrevo estas linhas, para organizar minha vida de uma maneira que ela possa fazer sentido — para mim e para quem vier a ler estas palavras.

Cabe dizer, antes de mais nada, portanto, que meu nome é Ana. E que, ao contrário das outras Anas do meu país, cujos nomes têm complementos como Maria, Paula etc., sou simplesmente Ana. Meus pais pensaram que, como eu teria um sobrenome esquisito e incomum, cheio de consoantes e quase impronunciável por outros brasileiros, isso me bastaria.

Nasci em janeiro de 1960, mas não sou a típica "filha dos anos 60", surgida do encontro de dois hippies em alguma comunidade de amor livre. Pelo contrário. Meus pais representam a última geração na qual predominaram casais conservadores e bem-comportados. Não que o pensamento mais quadradinho tenha deixado de existir. Continuou existindo e coexistindo. O que desapareceu foi a ilusão de pureza. Além disso, ter uma filha no início da década de 60 só serviu para deixá-los ainda mais rígidos. Enquanto trocavam minhas fraldas, escutavam os vizinhos discutirem marxismo e astrologia. Eu mal tinha aprendido a ler e escrever quando a beatlemania invadiu as lojas de discos e os televisores preto e branco e abalou para sempre a cultura mundial, e o pensamento dos meus pais era: "como poderemos proteger nossas filhas deste mundo selvagem?". Nossas filhas, sim, pois em 1962 nasceu minha irmã mais nova, que chamarei aqui de Lúcia, para não comprometer a identidade dela.

Não eram apenas meus pais que estavam preocupados com

isso, claro. A julgar pelo golpe militar de 64, mais gente pensava daquele jeito: é preciso manter a ordem a qualquer custo, é preciso repelir os bárbaros, os estudantes, os comunistas, os desprovidos de moral.

Lembro-me de poucas coisas da minha primeira década de vida, mas guardo imagens que às vezes me pergunto se correspondem a fatos que aconteceram ou se são distorções ou invenções posteriores. As primeiras festas de aniversário, bolos multicoloridos, uma boneca de porcelana que ganhei de presente de uma avó e quebrei na semana seguinte. Eu me recordo especialmente de uma festa de aniversário: completava cinco anos e não conseguia parar de chorar. Meus pais não entendiam o motivo, nem eu. Era uma festa cheia de adultos, mas com pouquíssimas crianças da minha idade. Adultos tensos, discutindo ou silenciando, enquanto as crianças brincavam, sem se dar conta de nada além da própria alegria de estarem vivas e terem menos de dez anos. E eu chorando desconsoladamente, chorando logo depois de assoprar a vela do bolo. Disseram para eu fazer um pedido antes de soprar, mas me deu um branco e não pensei em nada ao apagar as velas.

Uma lembrança muito mais marcante, que também envolve pranto, é a seguinte: eu e minha família estamos na sala em um dia quente de dezembro. O ano é 1968. Brinco, despreocupada, com duas bonecas embaixo da árvore de Natal (os presentes não tinham sido arrumados debaixo dela). Meu pai está sentado na sua poltrona favorita. Pega o jornal do dia (ele só lia as notícias depois do almoço) e começa a contar algo para minha mãe. O volume de sua voz se eleva a cada palavra. Ele fica visivelmente empolgado. Então joga o jornal longe, corre até o armário do quarto (eu o sigo até lá, curiosa) e puxa, da prateleira de cima, uma bandeira empoeirada do Brasil. Retorna a passos largos à sala e pendura a bandeira na janela. Volta a se sentar na poltrona e desaba a chorar. Naquele Natal, ganhei muitos presentes.

Não quero passar uma impressão errada. Não quero que pensem que me tornei quem eu sou porque meu pai era de certo jeito ou de outro, porque havia conflitos geracionais fortes entre nós. Talvez por isso eu tenha relutado tanto antes de contar a minha história — porque sei que todas as histórias, quando alcançam o leitor, são enquadradas em teorias assimiladas pelo senso comum, e que servem para "perdoar" as pessoas. São elas que inventam causas que se encaixam diretamente em consequências: essa pessoa é assim porque o pai batia nela. Ela era assim por causa da opressão da sociedade. Então quero deixar bem claro: sou quem sou, matei quem matei, e não espero ser perdoada. A culpa é toda minha.

A primeira vez que assisti a *Cidadão Kane*, não achei nada de mais. Pode parecer absurdo para muita gente, mas assim que tirei a fita do videocassete, me perguntei: "É só isso? Consideram isso a melhor coisa que já aconteceu na história do cinema? Sério?". Sofri para permanecer desperta durante a fragmentada história do jornalista em busca da verdade acerca de Charles Foster Kane, magnata que se envolveu com jornalismo, política e um par de relacionamentos frustrados. Minha decepção foi tão forte que eu nem sequer refleti sobre o final, no qual o significado da palavra Rosebud, dita por um agonizante Kane, interpretado por Orson Welles, é revelado ao espectador e apenas a ele.

Devolvi a fita VHS à locadora. O atendente perguntou se eu havia gostado, e respondi com um rosto franzido. Ele falou, então, que adorava a "mensagem" do filme. Perguntei de que mensagem ele estava falando. O rapaz explicou, então, que Rosebud era o nome do trenó que Kane possuía quando criança, enquanto morava com os pais em uma pequena fazenda. O magnata nunca esqueceu o nome do trenó, pois só na infância tinha sido feliz. Toda sua vida de milionário lhe trouxe apenas tristeza e amargura.

Primeiro soltei um "ahhhh!", pois não tinha pensado naquilo. Depois, minha decepção se intensificou, pois além de ser um filme chato, *Cidadão Kane* ainda trazia uma moral no fim, e das mais baratas. Dinheiro não traz alegria, uau, que filosofia complexa... Que dissessem isso aos yuppies de colarinho branco que rondavam os Estados Unidos com seus carros esportivos, seus blazers de grife, seus American Express sem limite.

Voltei para casa irritada e naquela noite tive um sonho estranho no qual rememorava uma das cenas finais de *Cidadão Kane*. Nela, o personagem de Welles já não era mais o jovem galã idealista que decide comandar um jornal por compromisso com o povo americano. Pelo contrário: Kane se encontra decadente, careca, sozinho em sua mansão. Ele caminha a passos tortos e inseguros pelos opulentos corredores. Abandonado por sua segunda mulher e sem amigos, ele atravessa sozinho um corredor que tem espelhos nas duas paredes. Ao passar pelos espelhos, o reflexo de um reflete o do outro, gerando uma continuidade de imagens que prossegue até o infinito. Trata-se de uma cena brevíssima no filme, que deve durar no máximo alguns segundos. Múltiplos Kanes, múltiplos Welles.

Depois da morte de Kane, um jornalista visita a descomunal mansão do magnata, passeia pelos corredores e entrevista um mordomo, sempre em busca do mistério da palavra Rosebud, na tentativa de completar o quebra-cabeça que explicaria quem era Charles Foster Kane. O jornalista volta ao trabalho sem nunca descobrir. O espectador fica sabendo que Rosebud é o nome do trenó. Mas do que adianta? Até o atendente da locadora pode formular a ideia de que se trata de uma mensagem sobre a felicidade dos pobres, essa interpretação limitada. Quando Kane caminha entre os espelhos, em compensação, ele é composto de infinitos Kanes.

Acordei com essa imagem na cabeça. Era apenas uma da manhã, eu não tinha dormido quase nada. Seja como for, minha irritação tinha desaparecido. Fui até a cozinha, enchi a chaleira e escolhi um chá. Voltei para a sala e olhei minha coleção de discos na estante em busca de algo para ouvir. Algumas lembranças do meu país: dois discos de Chico Buarque, um de Raul Seixas (que meu pai, se estivesse vivo, me proibiria terminantemente de escutar). Outros vinis (e alguns CDs, embora eu ainda não tivesse renovado toda a minha coleção) que mostravam que eu já tinha me adaptado ao novo mundo onde vivia: *Rio*, do Duran Duran, um fenômeno pop do qual era até constrangedor, em certos meios, admitir que se gostava. Um álbum repleto de faixas dançantes, mas que sempre me deixava desconfortável quando eu colocava o lado B sob a agulha do toca-discos. Abaixei o volume para não acordar os vizinhos.

Foi quando o telefone tocou, e logo no primeiro alô reconheci a pessoa que tinha me contratado para o serviço. Não quem encomendou o serviço, claro, apenas o seu porta-voz. Os verdadeiros chefões do mundo são somente sombras distantes no nosso universo. A ligação na madrugada sugeria que a pessoa morava em outro fuso horário.

"Então, vai aceitar o serviço?", a voz rouca perguntou.

"Preciso ver mais filmes do Welles", respondi.

"Podemos dar um jeito."

"Mas nada de fitas VHS. Nada de Betamax, nem mesmo *laserdisc*."

"Tem certeza? Saiu uma edição fabulosa em *lase*..."

"Preciso assistir no cinema", eu disse, categórica.

Seguiu-se um silêncio prolongado do outro lado da linha, e depois ruídos que interpretei como os de um jornal sendo folheado.

"Você já esteve em Paris?"

"Não."

"Tem planos para março?"

Reluto em falar do meu pai, pois tenho medo de que isso seja interpretado como o meu Rosebud: a chave de entendimento para a história da minha vida. E, apesar do risco, volto a falar dele, porque, de fato, foi graças ao meu pai que acabei me tornando uma profissional.

Quando eu tinha quinze anos de idade, mudamos para um apartamento amplo, com três dormitórios, perto da praia do Flamengo. Recebi com alegria a notícia da mudança. No auge da adolescência, queria um espaço separado da minha irmã; sonhava com meu canto próprio, onde pudesse escrever no diário, escutar a música que quisesse no meu próprio toca-discos, pendurar pôsteres na parede, ficar em silêncio.

Fomos felizes por alguns meses. Não tenho o que comentar sobre essa época. Famílias felizes, afinal, são todas iguais. Certa noite, estava deitada na cama do meu quarto, aproveitando o fato de que ele era meu, apenas meu, e que agora eu podia ficar acordada até mais tarde — deviam ser duas da manhã — lendo à luz do abajur. Ler não era exatamente uma paixão minha, sempre preferi a música e o cinema. No entanto, nessa idade, tendo aula na escola em apenas um turno, me sobrava muito tempo livre. Quando adolescentes, temos a sensação de que o dia tem trinta horas. Eu passava tardes arquitetando maneiras de me ocupar. A leitura, logo descobri, consumia bastante tempo, e podia ser realizada até altas horas. Naquela noite, eu tentava entender *A morte de Ivan Ilitch*, de Tolstói, mas não conseguia assimilar toda a comoção ao redor daquele russo que esperava a morte. Recordei o alerta dado pelo meu pai, quando peguei o romance na estante dele: você ainda não tem idade para entender esse livro. Talvez não tivesse, mesmo.

A maioria dos livros que pegava emprestados não era para mim, vou ser sincera. Nunca tive paciência para livros infanto-juvenis, sempre preferi os adultos. O prazer que eu extraía da leitura se devia ao fato de que, depois de conseguir me concentrar, as palavras do autor ressoavam como uma voz dentro da minha cabeça. Escutava uma voz diferente para cada narrador. O narrador de Tolstói tinha a voz de um velho pescador cheio de histórias para contar. Depois de meia hora de leitura, ao afastar os livros e fechar os olhos, eu não escutava mais os meus pensamentos. Tampouco ouvia ecos da voz dos narradores. Tudo que existia era o silêncio; os livros calavam minha consciência. Então, eu largava o livro na mesinha de cabeceira, fechava os olhos e adormecia quase na mesma hora.

Naquela noite, eu estava com a mão no ar, conduzindo o livro até a mesa, quando escutei a porta do quarto ao lado se abrir. O quarto da minha irmã. E então, a voz do meu pai — um sussurro grave na escuridão. A voz da minha irmã — um fiapo prestes a estalar. E então, barulhos muito mais incompreensíveis que qualquer livro russo.

Apaguei a luz do abajur e entrei embaixo das cobertas. Enquanto esperava os ruídos cessarem, acabei pegando no sono.

Em 1985, eu não sabia que *Cidadão Kane* tinha sido o primeiro filme a exibir profundidade de campo, artifício fundamental no cinema moderno.

Não sabia que Orson Welles, antes de entrar no mundo dos filmes, havia lido trechos de *Guerra dos mundos* na rádio, levando centenas de americanos a acreditarem que nosso planeta estava, de fato, sendo invadido por marcianos.

Não sabia que o ator e diretor e roteirista e produtor tinha passado uma temporada no Brasil, onde se apaixonou pelo Rio de Janeiro, pelo Carnaval, pelo samba, pelos heroicos jangadeiros e — imagino — pelas mulheres brasileiras.

Não sabia que Welles em nada se parecia com o jovem galã que surge no início de *Cidadão Kane*. Não sabia que ele tinha se tornado incrivelmente gordo e que sua voz, antes achocolatada, ficara ainda mais característica com a rouquidão da velhice, o timbre arranhado da morte que se aproxima.

Quase ninguém acredita quando comento, mas a insônia me persegue desde a infância. Não parece um problema infantil — que criança não dorme bem? —, me corrigem. As crianças, basta que você as deixe num cantinho enroladas em um cobertor e elas adormecem em um instante, me garantem. Insônia é como dor de cabeça: não é um problema infantil. Dizem. E eu realmente não sei quando começou. Para mim ela esteve presente desde que tenho consciência. Em minha lembrança mais remota de noites no quarto pintado de cor-de-rosa, há a imagem infatigável do teto, o teto branco, de uma brancura tranquilizante que contrastava com o rosa algo exagerado das paredes. Uma hora olhando para o teto de olhos bem abertos.

Recentemente, passei a desenvolver algumas hipóteses. Como, por exemplo, a culpa da coca-cola que bebíamos no jantar. O refrigerante não era tão comum na época, e meu pai gostava de esbanjar e oferecer a bebida para as filhas o tempo todo. Era a sua maneira de mostrar que ele também podia nos fazer pequenos agrados. Ninguém discutia na época, claro, que um copo de coca-cola tem uma quantidade considerável de cafeína, o que, no corpo leve de uma criança, pode ter um efeito forte.

A falha em minha teoria? Minha irmã. Consumia o mesmo tanto de refrigerante que eu e dormia, dormia com facilidade, dormia em qualquer canto. Era a criança que as pessoas afirmavam ser a *norma*. Apesar de tudo, ela dormia. Eu, por outro lado, lia e lia, deixando as vozes alheias invadirem meu cérebro até que qualquer palavra minha fosse banida da mente.

Uma semana depois de eu ter terminado a leitura de *A morte de Ivan Ilitch*, meu pai voltou a visitar o quarto da minha irmã. Eu não estava lendo nada, nem estava com o abajur aceso, estava apenas deitada quando escutei os barulhos. Em vez de esperar que eles cessassem, escapei da cama, sorrateira, abri a porta o mais lentamente que pude e caminhei na ponta dos pés pelo corredor. Na frente da porta do quarto da minha irmã, me abaixei e olhei através do buraco da fechadura e vi meu pai e vi minha irmã.

Nem sempre durante a adolescência tinha paciência para ler um romance à noite. Às vezes, gostava de colocar o abajur debaixo do lençol e escrever no meu diário. Guardo os diários até hoje, e com frequência consultei aquelas páginas para ver se haveria ali *alguma* explicação, para qualquer coisa que fosse, mas nunca soube como interpretar os relatos do que tinha comido no almoço ("Arroz, feijão, bife, batata. O feijão era vermelho e o bife estava bem passado"), ou os extensos comentários sobre o clima ("Três dias que não chove. Como pode não chover? E as fazendas? Elas não precisam de chuva? Quem gosta de chuva? Eu gosto de chuva. Mas será que os cachorros gostam de chuva? Cachorros não gostam de tomar banho. E gatos? Gatos menos ainda. Mas hoje vi uma nuvem, só que era uma nuvem branca. Acho que nuvem branca não tem chuva. Mas teve dias em que olhei para o céu durante uma tempestade e vi nuvens clarinhas. Mas eram cinza."). Talvez conseguisse encontrar alguma explicação relendo as longas cartas de amor que escrevi a meninos do colégio que eu achava bonitos e que nunca receberiam aquelas cartas, redigidas com letra caprichada em um papel de carta com bordas floreadas. O problema é que todas foram rasgadas poucos dias depois de serem escritas, pois eu temia que alguém viesse a encontrar as cartas e contasse para — enfim, para qualquer pessoa. A mera ideia de que um ser humano além de mim soubesse que escrevi a palavra "amor" em um papel de carta me envergonhava profundamente. Para ser sincera, acho que rasgava as páginas em minúsculos pedacinhos porque nem eu aguentava ver aquelas palavras saindo da minha mente e se tornando concretas no papel.

Quando passei a dar preferência à escrita ao invés da leitura, desenvolvi outras técnicas para conseguir dormir. O problema é que a leitura de romances me anulava, eu me deixava levar pela voz de outros narradores, enquanto, ao escrever, o oposto ocorria: eu ficava elétrica e, como consequência disso, sem sono.

Uma estratégia mental que nunca vou saber como surgiu é a de imaginar que tomo um tiro na cabeça. Devo ter visto, por acidente, um filme violento na televisão, desses que se passam na Segunda Guerra Mundial sem dúvida, pois a primeira vez que imaginei um tiro sendo disparado contra a minha cabeça, o autor do disparo (uma mão sem corpo trajando luvas de couro) usava uma pistola Luger — nome que eu não conhecia na época —, uma arma à qual eu atribuía a qualidade de ser, ao mesmo tempo, futurista e antiga.

Eu imaginava o disparo no momento crítico da insônia, isto é, o momento no qual eu tinha um surto de raiva por ter passado horas me revirando na cama, depois de mudar de posição trinta vezes, quando me preocupava então com o horário indicado no relógio, sabendo que teria que acordar cedo e que passaria o dia inteiro como se estivesse entorpecida, incapaz de prestar atenção à aula. Rangendo os dentes de raiva, raiva de mim, do meu corpo estranho e do meu cérebro desgraçado que não me deixava adormecer como uma pessoa normal, eu fazia brotar a imagem de um braço se aproximando sorrateiramente e disparando contra minha cabeça. O pensamento me acalmava de tal forma que logo me rendia ao sono. E foi assim que a estratégia mental se tornou recorrente.

O mais estranho é que a arma mudava conforme os pensamentos anteriores e o nível de desespero. Por exemplo, sempre que me recordava do que tinha visto pelo buraco da fechadura no quarto da minha irmã, sempre que aparecia a imagem do meu pai com minha irmã, uma imagem que, se eu fechar os olhos agora, ainda serei capaz de reconstruir em todos os detalhes, quando eu enxergava na minha tela mental a minha irmã de bruços, nesse momento imaginava uma espingarda de cano duplo se aproximando da minha cabeça, o metal encostando nos meus cabelos, o gatilho sendo pressionado, e o efeito devastador de um tiro de espingarda se produzindo, meu cérebro espalhado pela cama, minha cabeça dando lugar a um lago de sangue.

O que meu pai gostava de fazer? Como tudo que resta dele são as lembranças, esgravato a memória em busca de algumas imagens. Ele gostava de ler o jornal. Ele gostava de jogos da seleção brasileira. Ele não ouvia muito rádio. Não música, ao menos. Ele tinha uma biblioteca considerável, mas não era um leitor fiel. Havia alguma coisa que ele gostasse de fazer? Que lhe desse prazer? Por acaso sou capaz de me lembrar do meu pai sorrindo? Aprendi muito sobre o meu pai com o passar dos anos, sempre pelo relato dos outros. Mas nunca fiz certas perguntas que deveria ter feito. O que meu pai gostava de fazer? Ele sorria? E como era o seu sorriso? Aberto, mostrando os dentes? Tímido? De boca fechada? Na hora de gargalhar, ele fechava a boca, espremia os olhos e sacudia os ombros, como alguém tímido demais para soltar uma gargalhada? Ou ele liberava um sonoro rá rá rá rá rá? É estranho pensar que me lembro do meu pai chorando, mas não gargalhando.

Nunca contei a ninguém aquilo que vi pelo buraco da fechadura. É um segredo que, como dizem, foi levado para o túmulo. E meu pai morreu tão cedo. Meu pai, o homem sério, seríssimo, o homem que acreditava em honra, em moral, em ordem e progresso, o homem que acreditava no Brasil, o homem que — nunca perguntei a ele, mas só pode ser verdade — esperava uma morte digna, quiçá heroica, ou talvez uma morte tranquila como um senhor de idade que fez tudo o que devia ser feito e chegou ao fim da estrada com a paz de ter vivido uma existência plena. Ele morreu tão jovem, e de forma tão estúpida. Pensar nisso desenha um sorrateiro sorriso na minha boca.

Um acidente doméstico bem comum é a queda no chuveiro. Uma pessoa que está tomando banho precisa tomar muito cuidado. O chão está úmido, e é muito fácil resvalar no piso e chocar a cabeça contra a parede ou a quina da banheira de azulejos. Acho que meu pai gostava de tomar banho, pois sempre demorava muito mais do que minha mãe ou minha irmã.

Todo o cuidado no chuveiro não é o bastante. Às vezes, se deixamos cair o sabonete, ou até mesmo um pouco de xampu, o chão fica ainda mais deslizante. Não adianta se segurar na torneira do chuveiro, especialmente quando estas estão frouxas na parede, com os parafusos meio soltos. A queda no chuveiro pode ser letal se a cabeça da pessoa sofre um impacto muito violento. Não há crânio que resista. Às vezes achamos que nossa cabeça é forte e resistente, pois ela guarda o cérebro e o peso insustentável da infinidade dos nossos pensamentos. Mas a cabeça é uma parte do corpo como qualquer outra, uma parte frágil e quebradiça.

Quando vi o corpo do meu pai todo arrumado, de terno e gravata, no caixão, em 1975, fiquei feliz em pensar que ele não era sobre-humano como um dia imaginei que fosse. Ele era frágil como Ivan Ilitch.

Em 1975, quando meu pai morreu, soube que aquele era um momento definidor da minha vida, que as coisas não seriam mais as mesmas. Mas não imaginava aonde isso me levaria. Se alguém me dissesse que dez anos depois eu teria visto o que vi (mortes, sangue etc. etc.), eu apenas gargalharia.

Em 1985, minha banda favorita era um grupo de Manchester que estava começando a fazer sucesso entre os jovens, anos depois do suicídio do vocalista. O cantor, chamado Ian Curtis, se enforcara aos vinte e três anos, deixando uma obra que só agora começava a ser entendida. Seu corpo não foi enterrado, mas cremado. Apesar de suas cinzas terem sido enterradas em Macclesfield, penso que os vapores da chaminé do crematório espalharam seus átomos pelo mundo e que, a partir de 19 de maio de 1980, depois que um vento forte soprou, todo o Ocidente passou a respirar os restos mortais de Ian Curtis.

Em 1985, muitas pessoas ao meu redor estavam começando a se vestir de um jeito esquisito. Desde o início da década, havia um predomínio de cores berrantes: rosa, roxo, verde-limão. E, de repente, o preto começou a invadir. Primeiro, uma camiseta de heavy metal. Depois, um coturno escuro. Então, uma calça preta. A camiseta de heavy metal deu lugar a uma camiseta preta sem estampa, sem nada, completamente escura. E, quando vi, não apenas mulheres, mas também homens estavam passando lápis de olho. Os homens não sabiam se maquiar, e com frequência deixavam um grande borrão sob os olhos. Era uma mancha sombria que escorria pelo rosto deles e se refletia em todo o resto das suas vestimentas. Nas festas, as pessoas dançavam de um jeito mais e mais estranho. Muitos imitavam a dança epiléptica de Ian Curtis, sacudindo os braços fora do ritmo. Nem todos copiavam a sua expressão apavorada de gado prestes a ser abatido, o seu olhar fixado em algum objeto que não estava lá.

Em 1985, eu não sabia que Orson Welles carregava o fardo de não ter conseguido completar vários filmes. Que ele era considerado um artista fracassado por muitos. Que ele tentara adaptar *Dom Quixote* e que a tarefa, ironicamente, havia se revelado quixotesca.

Em 1985, eu não sabia que *F for Fake*, um filme que Welles dirigiu em 1973, antecipava toda a estética que dominaria a década de 80. Que seus cortes-relâmpago e seu estilo picotado era o resumo da MTV, um canal ao qual eu assistia com devoção naquele ano.

Em 1985, eu não sabia que a grande maioria dos filmes de Orson Welles trazia protagonistas fortes, vigorosos, maiores que o mundo, e que a coisa mais fácil, enquanto espectador, era confundir a figura do próprio Welles com a de seus personagens.

A sua performance como Charles Foster Kane tinha sido tão marcante que Welles parecia ser Kane, uma figura incompreensível que movia massas. Cidadão Welles.

Eu não sabia nada de nada em 1985, no dia em que o telefone tocou, no dia em que alguém que nunca saberei quem é, uma dessas sombras fugazes que só podem ser vistas em dias nublados e que, ainda assim, governam nosso mundo, encomendou a morte de Orson Welles. O dia em que eu atendi o telefone e alguém que conhecia muito bem meu currículo, que sabia que eu era brasileira e morava nos Estados Unidos, que sabia que eu já havia matado muita gente, pediu que eu matasse Orson Welles. O dia em que eu, ingênua, estúpida, perguntei: "Orson Welles é aquele diretor de cinema, não?".

2.

Uma fantasia constante minha — fantasia esta que aparecia com frequência em sonhos, geralmente quando eu adormecia no sofá, cedendo à exaustão, sem planejar dormir — envolvia conhecer as pessoas que me contratavam. As vozes que entravam em contato comigo por telefone, vozes femininas e masculinas, graves ou agudas, oscilantes ou seguras, jovens ou anciãs. No início eu pensava que o portador dessa voz era quem encomendava a morte de alguém. Mas quem deseja alguém enterrado para sempre não pede por telefone, nem ao vivo. Nunca se exporia assim. Não quando o vivo que em breve estará morto é considerado importante por alguém mais do que a ex-mulher ou o ex-marido. De jeito nenhum. Alguém mandava na voz. E talvez alguém mandasse em quem pedia para a pessoa da voz dar o telefonema. E assim por diante, numa escada em espiral rumo a um topo que está acima das nuvens.

Nos meus sonhos e delírios diários, não era diferente. Conhecia a pessoa que encomendava mortes, e tinha algo de sagrado nessa pessoa. Não era Deus na representação mais caricata — um velho barbudo nos céus —, mas havia um quê divino no ser, uma iluminação.

Isso nos sonhos bons. Nos pesadelos, eram figuras imateriais, alguém que, se eu tentasse tocar, revelaria sua carne feita de poeira cósmica e escuridão, pessoas cujas bocas se alargavam na vertical e soltavam ganidos ou urros. Por isso eles precisavam de alguém para telefonar. Súditos para pesquisar o currículo dos assassinos e descobrir quem era ideal para aquele serviço. E, como aprendi cedo na vida, eu era ideal para boa parte dos serviços. Talvez para o caso de Orson Welles eu não fosse a ideal, mas acharam que eu era, e é isso que importa. A história da humanidade é construída a partir desse tipo de equívoco.

Em *O terceiro homem*, filme de Carol Reed estrelado por Orson Welles, um filme tão bem dirigido que todos achavam que o cineasta por trás da obra era o próprio Welles, e não Reed, Welles vive um personagem que é uma dessas figuras fugazes, feitas de sombra ou de material divino.

O protagonista, interpretado por Joseph Cotten, é um escritor que chega a Viena e descobre que seu amigo Harry Lime morreu em circunstâncias suspeitas. Como costuma acontecer nos livros de Graham Greene (*O terceiro homem* é uma adaptação desse autor), o escritor resolve bancar o detetive. Investiga, investiga e investiga. Acaba descobrindo que Lime estava envolvido em negócios escusos, venda de remédios falsificados que acabaram resultando na morte de crianças inocentes (em um filme, especialmente em um filme em preto e branco, todas as crianças são inocentes).

Caminhando pela rua, na noite escura da Viena destruída pela Segunda Guerra, escondido nas sombras, surge a figura de Harry Lime. De volta dos mortos, lá estava o sorridente Orson Welles, com seu rosto iluminado. Vivo, pois a morte tinha sido uma invenção para fugir da polícia. Uma perseguição se inicia, uma perseguição de sombras. Sombras ampliadas, enormes, projetadas nos muros destroçados de uma cidade que penou durante a Grande Guerra.

Mas essa não é a cena mais marcante do filme. Os cinéfilos sempre se recordam do passeio na roda-gigante, onde o detetive interpretado por Cotten confronta o personagem de Welles. Ali, Welles expõe seu ponto de vista. Do alto da roda-gigante, os dois observam as pessoas lá embaixo, pequenos pontinhos, insignificantes como formigas que caminham sobre a toalha de piquenique, facilmente apagáveis. Pessoas que podem morrer e nada irá mudar. Pessoas que não conhecem a sensação de que você está no alto, acima de todos, e pode encomendar o fim da vida de qualquer um daqueles pontos, pois não passam de pequenos círculos pretos caminhando sem rumo aparente. Quando os dois descem da roda-gigante, Cotten está escandalizado com a visão de mundo do amigo. E Orson Welles — a pessoa, não o personagem — adicionou ao roteiro uma frase que se tornou famosa. O personagem afirma que, durante os trinta anos de guerra e violência sob o reinado dos Bórgias, a Itália produziu grande arte: Michelangelo, Leonardo da Vinci... toda a Renascença. Enquanto isso, em séculos de paz, tudo que os suíços inventaram foi o relógio cuco.

O pensamento do personagem de Welles — que surgiu da cabeça de Welles — parece cruel, mas é brutalmente comprovado no decorrer da história. Quantas obras impressionantes no cinema e na literatura surgiram dos piores conflitos? Até mesmo a Segunda Guerra, que diziam ser a morte da experiência, se revelou uma fonte inesgotável de ficções e não ficções pungentes. De arte, em suma. A arte parece surgir sempre nos momentos de horror, desespero, ou apenas de privação. Uma mente tranquila não produz arte. E, no entanto, quem, em sã consciência, gostaria que a Segunda Guerra se repetisse? E, no entanto, quem deixará de se emocionar com as imagens de uma Viena arruinada em *O terceiro homem*?

A morte do meu pai foi importante, para além das razões óbvias, pelo seu enterro. Funerais são ótimos pontos de encontro.

Meu pai teve a má sorte de ser enterrado em um sábado de clima maravilhoso, um daqueles dias de sol no Rio de Janeiro com poucas nuvens no céu e somente pelo fator decorativo; ensolarado, mas não quente a ponto de se tornar desconfortável. Um glorioso dia de praia, em resumo. Escutava minha mãe perguntar onde estava tal parente, ou tal amigo, por que eles não tinham aparecido?, e a pessoa respondia com alguma desculpa esfarrapada, uma gripe (quem pega gripe num clima daqueles?), um compromisso inadiável, uma viagem, e eu tinha certeza mais do que absoluta de que a pessoa ausente estava na praia, bebendo água de coco, caipirinha ou cerveja, longe física e mentalmente de qualquer funeral, de qualquer crise de choro, de qualquer corpo inerte e frio, perto da vida por todos os cantos, dos corpos que correm e se jogam no mar sem dúvida ou hesitação.

Ainda assim, muitos haviam aparecido para dar adeus ao corpo sem vida do meu pai. Pessoas que nunca vi antes, engravatados, homens altos e fortes paramentados dos pés à cabeça com uniformes militares verde-musgo. E apareceram mulheres com cabelo emplastado de laquê dizendo que eram amigas da minha tia, de outra tia, que eram tias-avós de não sei quem. Trinta minutos depois do início oficial do enterro, meu estômago roncava de fome e eu pensava no que seria melhor: arroz com brócolis acompanhado de uma bisteca ou uma feijoada. Apesar de quente, o dia pedia uma feijoada.

E então apareceu uma pessoa que me segurou pelo pescoço para beijar meu rosto. Confusa com aquela intimidade física repentina (que espécie de desconhecido segura o outro pelo pescoço para dar oi?), apenas olhei perturbada para o rosto do sujeito, tentando entender quem era.

"Oi, acho que você não se lembra de mim", ele disse.

"Com certeza não me lembro de você", respondi.

"A última vez que nos vimos foi no hospital, você era uma criança. A sua irmã tinha acabado de nascer."

"..."

"Eu sou o seu tio."

"..."

"Imagino que o seu pai não tenha falado muito de mim, certo?"

Olhei para aquela pessoa e tentei fazer alguma associação, qualquer associação. Claro que não me lembrava do dia no hospital no qual minha irmã nasceu, nem dos dias seguintes. E tentei me lembrar da conversa molenga do meu pai durante o café da manhã ou a janta, e não fui capaz de recordar nenhuma menção a um irmão. Às irmãs, sim. Meu pai tinha uma família grande, minha mãe idem. Era muita gente, e todos estavam espalhados pelo globo, e, para ser sincera, nunca me importei com aqueles seres que existiam em fotos, em nomes mencionados ao léu, mas raramente em presença física. Todavia, lá estava meu tio, me segurando pelo pescoço para dar oi, puxando assunto.

"Faz tempo que não venho ao Rio", ele disse. "Admito que sentia falta. Mas daqui a dois dias só vou querer fugir daqui. O Rio é bom, mas não agora, neste ano. Não tem sido fácil. O meu limite é três dias. Quatro, no máximo. Isso também vale para São Paulo."

"Onde você gosta de morar?", perguntei.

"Los Angeles é agradável, quando não está quente demais. Nova York é uma boa cidade para se perder. É uma boa cidade para fazer novos amigos. Você já foi para lá?"

"Nunca saí do Rio", confessei.

"E você não sonha em sair do Rio?"

"Nunca pensei nisso, na verdade."

"Que idade você tem?"

"Quinze."

"Boa idade. Boa idade para querer sair do Rio."

"Você é um daqueles que dizem que o Brasil tá indo para o inferno e que a gente precisa fugir daqui?"

"Eu? Não. Não. Isso aqui já esteve muito pior. Agora até está melhorando. Talvez ainda piore antes de melhorar. Não sei. Gosto de pensar que o pior já passou. Mas não é lugar para uma garota da sua idade. Não é lugar para se crescer. Não agora."

"Você não se parece muito com o meu pai", interrompi.

"Mesma mãe, mesmo pai. Cem por cento irmãos."

"Difícil de acreditar."

"Mas por quê?"

"Minha mãe nem deu oi para você."

"Ela está um pouco transtornada. Nem todo mundo se diverte num enterro", ele disse, e sorriu.

Eu parecia estar me divertindo no enterro?, me perguntei. Qual deveria ser minha postura no funeral do meu pai? Olhei ao redor e vi todo mundo de preto, e olhei para baixo e vi minha blusa branca. Pensei em justificar ao meu tio que aquele era o meu primeiro enterro e que eu não conhecia a etiqueta da cerimônia. Mas talvez ele estivesse se referindo a alguma outra coisa, a um jeito meu de me comportar, eu não agia como uma filha dominada pelo luto, mas como alguém que...

Ele interrompeu: "Não disse meu nome, que falta de educação a minha. Achei que você soubesse porque o seu pai falava de mim, mas me enganei, você não sabe nada de mim, não sabe nem que me chamo José, mas lá em cima do mapa me chamam de Joseph, porque os ianques não conseguem falar José sem parecer que estão se referindo a um imigrante mexicano. Rrrrosé. Amigo de Rrrrruán. Sabe?". Ele deu uma risada contida.

"Na verdade, não."

"Você está salva. Com o nome Ana, se dará bem em qualquer parte do mundo."

Nesse momento, chegou minha mãe apressada, colocando a mão no meu cabelo, tentando, ao que tudo indicava, me tirar dali, mas para isso precisaria cumprimentar meu tio, o que fez com um meneio de cabeça e um "boa-tarde" desprovido de contexto (ainda era manhã, e um enterro não é exatamente um bom dia). Ela logo me comunicou que a minha irmã estava chorando muito e que eu, como irmã mais velha e responsável, deveria conversar com a coitadinha. Dito isso, ela me pegou pelos ombros e foi me conduzindo para longe do meu tio José. Enquanto era arrastada, olhei para trás, por cima dos ombros, e vi José me dar uma piscadela, como quem diz que ainda tínhamos muito o que conversar.

Fui até a minha irmã, que, negando a declaração da minha mãe, não chorava e não parecia ter chorado em momento algum. Na verdade, seu estado estava mais próximo do cataléptico: o corpo se encontrava tão imóvel que até os olhos pareciam sem vida. Lúcia, eu chamei, sacudindo-a, e tudo que consegui arrancar da minha irmã foi uma abertura mínima em seus lábios. A boca aberta sem emitir um só ruído.

A vinda de Orson Welles ao Brasil foi em 1942, e o diretor pretendia captar as belezas naturais do país, além, é claro, da festa de Carnaval. Pouco antes de sua chegada, o Brasil havia rompido relações com o Eixo, isto é, Alemanha, Itália e Japão, e entrado na Segunda Guerra Mundial. No governo estava Getúlio Vargas, que, de acordo com o governo americano, era um ditador que tinha simpatizantes do nazismo trabalhando próximos a ele. Welles foi contratado por ninguém menos que Nelson Rockefeller para fazer um documentário não comercial como parte da Política de Boa Vizinhança. Isso tudo está nos livros de história. O filme nunca foi concluído, as suposições e os relatos sobre os motivos se acumularam com o passar dos anos, e o título do documentário, *É tudo verdade*, foi ganhando camadas e camadas de ironia.

O estúdio acusou Welles de torrar dinheiro, e ele sempre foi famoso por ser um *bon vivant*. Mas Welles gostou do que viu. Ele visitou as favelas, ficou com medo dos bandidos, registrou o Carnaval, foi enfeitiçado pelo samba — tão enfeitiçado que resolveu entrevistar um pai de santo (*voodoo doctor*, ele diria) para buscar explicações sobre a origem daquele ritmo contagiante —, e se apaixonou pela história dos jangadeiros que partiram do Nordeste até o Rio de Janeiro para pedir benefícios a Getúlio Vargas. O estúdio RKO não entendeu nada do que assistiu. Não entendeu o samba (Welles mandou rolos de filme sem áudio), não entendeu as favelas.

De certa forma, as imagens captadas para *É tudo verdade* representavam um sonho recorrente de Welles, o contato com os pobres terceiro-mundistas que pareciam tão simpáticos e alegres. Havia uma idealização das pessoas simples, de pouca renda, que está escondida no âmago de *Cidadão Kane*. E aquele amontoado de negros sambando, de pescadores desdentados, de casebres no morro, aquilo era o oposto do que os produtores queriam. Por mais positiva que fosse a visão de Welles acerca do Rio de Janeiro e do Brasil, não era o tipo de otimismo que o RKO desejava.

Quando aprendi tudo que sei sobre Orson Welles, no ano de 1985, já não morava mais no Rio de Janeiro. E, por muito tempo, não senti falta do Rio de Janeiro. Mas, ao escutar os relatos de *É tudo verdade*, desejei voltar à praia carioca e caminhar na mesma areia onde Welles caminhou, imaginar os buracos que pediu que cavassem para enterrar o operador de câmera e assim obter imagens de ângulos inovadores. Ele gostava de filmar os brasileiros de baixo para cima, com reverência, nunca o contrário. O que não o impediu de continuar se hospedando nos mais luxuosos hotéis, comendo, comendo, comendo muito bem, até seu corpo inchar e sua presença física apresentar um volume impossível.

Voltando do colégio, ainda no ano de 1975, cerca de um mês depois do enterro, encontrei uma carta em cima da cama. A remetente era: Jane Smith. Los Angeles. O envelope tinha flores e coraçõezinhos desenhados, além de um logotipo de AMIZADES INTERNACIONAIS — PEN PAL. Não entendi o que poderia ser aquela carta, e fiquei muito tempo olhando para o envelope rosado antes de abri-lo.

Dentro, havia uma página de caderno dobrada em que se lia:

Querida Ana,

Como você deve imaginar, aqui é o seu tio José. Sei que, se mandasse uma correspondência assinando meu nome, sua mãe nunca repassaria a carta a você, então pensei que o ideal seria montar este esquema de *pen pal*. Conte à sua mãe que você começou a trocar cartinhas com uma menina da sua idade lá dos Estados Unidos, algo que você viu em uma revista e resolveu tentar. É mais comum do que se imagina.

Não tenho muito a dizer nesta carta, pois se trata de um teste. Não conheço sua vida familiar, não sei se sua mãe não irá rasgar a carta ou lê-la antes, mesmo com este esquema de disfarce. Se estas palavras chegarem até você, por favor, me responda enviando uma carta para este endereço. E, então, poderemos começar a nossa conversa.

Um abraço, José.

P.S.: você tem passaporte?

Meu coração estava pulsando de forma violenta quando terminei a leitura. Levantei os olhos da carta e vi que a porta estava aberta. Saí correndo para fechá-la e, em seguida, me joguei na cama. O que meu tio queria comigo, e por que minha mãe o detestava tanto? Eu sentia a cama vibrar junto com meu coração acelerado.

Quando me recuperei, fui até a sala e botei um disco para tocar, qualquer disco, o primeiro que vi na frente, algum compositor clássico — na época achava todos eles iguais — e me sentei na poltrona que era a favorita do meu pai. Minha mãe passou por mim e, disfarçando qualquer nervosismo, contei a ela que tinha lido em uma revista sobre a troca de correspondência com pessoas de outros países, e como eu tinha aprendido um pouco de inglês lendo os livros do meu pai... "Ah, então era isso a carta que chegou para você! Achei tão estranho!", ela disse, e logo perguntou se eu não queria que ela preparasse um bolo. "De chocolate?", perguntei.

No dia seguinte, na saída do colégio, comprei um envelope igualmente brega na papelaria e escrevi a seguinte carta:

José,

O plano funcionou. Não tenho passaporte.

Na verdade, havia tantas coisas que eu queria dizer a ele, pois ele estava longe, passava a impressão de que não iria me julgar, e porque aqui, no Rio, eu não tinha com quem conversar, ao menos não de forma sincera, nenhuma colega havia se tornado minha amigona, no máximo eu era simpática e cordial com algumas meninas da minha turma. Com minha irmã também nunca soube muito como conversar, e as coisas sobre as quais queria falar eu não poderia dizer a ela. Havia muita história entre nós, e certas histórias compartilhadas, ao invés de aproximar duas pessoas, criam barreiras imensas, intransponíveis nessa idade. E, de repente, tinha surgido um interlocutor em outro hemisfério querendo saber de mim.

Foi difícil suportar os dias que se seguiram. Eu me perguntava se a minha carta tinha havia chegado até aquele ponto distante no mapa ou se o correio a extraviara. Eu me lembrei de todos os rumores sobre correspondência vigiada pela censura do governo. À noite, deitada na cama, imaginava tudo que podia dar errado e tentava calcular, usando medidas aleatórias, o tempo que demoraria para que a minha carta atingisse o destinatário e a resposta chegasse. Se demorava tanto assim, da próxima vez eu teria de mandar páginas e páginas, pensei. Não podemos conversar a essa distância usando tão poucas linhas. Precisamos contar tudo, eu preciso contar tudo, mesmo sem saber o que significaria esse tudo.

Voltando do colégio, numa quarta-feira, me deparei com uma carta sobre a cama. Era ele. Tranquei a porta, me joguei na cama, conferi se o envelope não tinha sido violado e apalpei o pacote. O peso era maior. Havia pelo menos cinco páginas ali. Rasguei o lacre e deixei a carta cair sobre a colcha. Antes de ler qualquer coisa, contei: dez páginas. A carta começava assim:

"Querida Ana, irmãos brigam. Irmãos sempre brigaram, desde o tempo de Caim e Abel. A minha história com o seu pai não foi tão diferente. Há muitas coisas que você não sabe, e talvez não seja de bom-tom contar tudo aqui. Enganamos a sua mãe, mas nunca me sinto confortável escrevendo cartas. Escrever é deixar resíduos. Nunca se sabe que outras mãos vão tocar este papel. Posso pedir para que você queime esta carta depois de ler? É pedir demais? Não gostaria de ter que apelar para códigos complexos, criptografia, essas coisas. Acho que só chamaria mais atenção. Vou contar apenas o que é seguro contar, considerando ainda o risco de uma intercepção, digamos, 'oficial'."

E ele contou. E eu respondi, com uma carta ainda mais longa, falando da minha vida, omitindo o que devia ser omitido. Nunca pensei que minha vidinha enfadonha pudesse render tantas páginas, mas talvez eu só precisasse de alguém disposto a me escutar.

Algumas cartas depois, ele me perguntou quando eu completava dezesseis anos. Na mesma carta, sugeriu que eu começasse a conversar com minha mãe sobre meu desejo de viajar. Eu venderia a ideia de que seria ótimo fazer um intercâmbio nos Estados Unidos. Mesmo atrasando a escola, não há aprendizado melhor do que conviver com outra cultura, é o que todos diziam, o discurso corrente. Precisaria da autorização dela.

Era um plano maluco e, provavelmente por isso, não hesitei nem por um segundo.

A voz que me encomendou a morte de Welles enviou uma passagem de avião para Paris marcada para o fim de março. Junto à passagem se encontrava um número para o qual eu deveria telefonar ao chegar à capital francesa. Era de Michel, um crítico de cinema que me levaria para a mostra de Orson Welles preparada por um cineclube. Recomendaram Michel porque ele era fluente em inglês e meu conhecimento da língua francesa se reduzia a "croissant" e "camembert".

Desci do avião me sentindo meio zonza. Não havia dormido quase nada no voo, com aquela cadeira apertada da Varig e a luz branca que nunca apagava por completo, e minhas pouquíssimas horas de sono foram interrompidas por pesadelos que me faziam acordar tremendo e olhar ao redor para ver se algum passageiro havia percebido.

Enquanto esperava a minha bagagem na sala de desembarque, olhei para a pista de decolagem e aterrissagem e não entendi como era dia, como o sol ainda brilhava insolente no céu. Quer dizer, eu sabia *cientificamente* o motivo de ser dia, mas era como se minha mente desconfiasse do azul do céu. O relógio biológico humano não foi feito para viagens longas em veículos rápidos, que burlam o Sol e os horários que ele impõe ao nosso planeta em rotação. Dentro de mim ainda sinto como se fosse noite, ou talvez madrugada, pensei. Peguei minha mala, tomei um táxi até o hotel, recolhi a chave na recepção, joguei a mala sobre a cama e disquei o número do tal Michel no telefone do quarto. Ele me orientou em relação a qual metrô tomar. Desci e comprei um mapa da cidade na banca de revistas. Desdobrei o mapa e contemplei a aranha multicolorida das linhas de trem e metrô.

Combinamos de nos encontrar às cinco da tarde em um dos inúmeros cafés do Quartier Latin, um café que, quando cheguei, parecia especial porque era parisiense e porque os cafés parisienses são famosos por si sós, com seus toldinhos vermelhos, eternizados e mistificados por qualquer escritor europeu, americano ou latino-americano que se preze. Michel me reconheceu, para a minha sorte — me sinto intimidada de chegar a um lugar e ter que descobrir quem é a pessoa que devo encontrar — e disse que eu era idêntica à foto. Que foto?, senti vontade de perguntar, mas não perguntei. Sentamos na rua, ao ar livre, um ar frio ao qual não estava acostumada. Michel era alto (mais alto que eu), magro (mais magro que eu), algo barbudo — os intelectuais sentem necessidade de ostentar pelos desgrenhados na cara —, de rosto branquelo, e parecia uma pessoa reservada. Ele me cumprimentou em inglês, e eu respondi com um *Bonjour!*. O garçom veio nos atender e eu pedi *un café, s'il vous plaît*.

"Achei que você não soubesse falar francês", ele disse, em um inglês que parecia sair com mais sofrimento que o meu francês.

"Eu comprei um guia no aeroporto. Não consegui dormir no avião, então fiquei o tempo todo lendo e praticando. E assisti a uns filmes antes de vir para cá."

"Sim, sim, filmes. Você trabalha com cinema, certo? Foi o que me disseram de você. Pediram que eu a levasse ao cineclube, para a mostra de Orson Welles."

"Quem disse?"

"John."

John. Repeti aquele nome na minha cabeça. Então John era a voz que encomendara a morte de Welles? Não, provavelmente não. Na hierarquia, devia funcionar da seguinte maneira: o assistente que resolve as pendências práticas (John, provavelmente) é um subordinado da voz. A pessoa da voz é uma subordinada de quem realmente deseja a morte de Welles, ou de qualquer outra pessoa. Ou não. Relembrei os meus pesadelos, nos quais sempre havia outra pessoa acima, assim funcionava a hierarquia, até alcançar o imaterial. Mas Michel era bem material, e estava na minha frente, com sua barba mal-aparada, seus olhos meio estrábicos e seu visual de francês feio — mas bem-vestido.

Um vento passou por nós, arrastando folhas mortas pelo chão. Uma música começou a tocar dentro do café.

"Sim, eu trabalho com cinema."

"Assistente de direção, correto? Foi o que John me disse."

"Isso."

Comecei a me perguntar o quanto o tal John tinha inventado do meu currículo falso — e por que diabos ele não havia me comunicado sobre minha personalidade fictícia.

"E você não viu quase nada de Welles", Michel prosseguiu. Fiquei em silêncio, pois não sabia que informações ele tinha recebido.

“É bastante compreensível”, ele continuou. Nesse momento, chegou minha xícara de café. “Os filmes de Welles, tirando, é claro, *Kane*, não chegam aos Estados Unidos.”

Eu não sabia do que ele estava falando, mas preferi manter meu silêncio. Senti, naquele instante — e sou boa em interpretar pessoas — que Michel, apesar de ser um sujeito reservado, gostava de exibir seu conhecimento. Se eu ficasse quieta, fingindo timidez, ele seria capaz de falar por horas sobre Orson Welles, cinema, arte, Paris, cafés, o que fosse.

“Os americanos levam muito a sério essa história de sucesso”, ele prosseguiu, conforme eu imaginava. “Você não parece americana”, ele disse, e nem esperou que eu respondesse algo. “Enfim, Welles é considerado um fracassado pelos americanos, não? Fez uma obra-prima e depois só porcarias, filmes que largou na metade, atuou em algumas irrelevâncias — tirando, é claro, *O terceiro homem* —, enfim, ficou famoso por ser a promessa frustrada, o gênio que nunca realizou algo à altura de sua capacidade. Tirando *Kane*, sempre *Kane*. Aposto que é quase impossível encontrar onde assistir aos filmes mais recentes de Welles nos Estados Unidos. Estou errado? Estou errado?” Eu me perguntei se ele realmente queria uma resposta para isso ou se era uma questão retórica. Mais uma vez, fiquei em silêncio.

“A fase europeia de Welles passa em cinemas obscuros nos Estados Unidos. Ignorado pela própria pátria. Não sei nem se podemos chamar de fase europeia. Que eu saiba, ele veio para ficar. Um nômade pela Europa, fazendo filmes quando consegue, com o dinheiro que arranja sabe-se lá como. *Campanadas a medianoche!* Ouvi dizer que ele considera este o seu melhor filme. As adaptações de Shakespeare, tão diferentes de todas as outras… E *F for Fake*. Esse você não viu, certo? *Vérités et mensonges*, verdades e mentiras. Não deve ter visto. Foi ignorado, destruído pelos seus críticos. É um filme que abre portas. Vocês, americanos, não devem ter entendido nada. Nunca entendem um filme que abre portas. O público sempre fica boiando. Os franceses é que descobrem os talentos. Hitchcock? Nós é que valorizamos Hitchcock. Hitchcock, Ford. Vocês, americanos, nem sabiam que o cinema era arte até Welles atirar *Cidadão Kane* na cara de vocês."

Olhei para a cara de Michel. Ele devia estar na faixa dos trinta anos. Com certeza não era nascido na época em que *Cidadão Kane* estreou. Longe disso. Mas não queria discordar dele. Não interromperia em momento algum a sua diatribe antiamericana. Nem mencionaria que sou brasileira, pois não fazia ideia do que os franceses pensavam do Brasil. Mais prático assentir e fazer "hummmm", como se concordasse com cada palavra que saía daquela boca.

Durante minha primeira noite em Paris, eu me encontrava entediada no quarto do hotel. Tinha caminhado pela cidade o dia inteiro, desatenta aos horários europeus. Sofri para encontrar um lugar aberto para jantar às dez das noite. Às onze, portanto, já estava trancada no quarto, contemplando o carpete encardido que cobria o piso e o teto com sua tinta descascando, tentando ignorar o cheiro de cinzeiro frio que emanava dos lençóis. Era uma sexta-feira e me parecia injusto que, na minha primeira visita à Europa, eu ficasse vendo televisão numa sexta à noite, então decidi discar o número de Michel e pedir a ele que me levasse a alguma boate ou discoteca. Ele respondeu que não sabia direito quais eram legais. Acrescentou que não costumava sair de noite. Adicionou que achava uma bobagem ir a esse tipo de lugar. Disse que não era esse tipo de cara. Falou que gostava de ficar em casa, bebendo um vinho, jantando com os amigos. Usou a expressão "*dinner party*". Além do mais, já era tarde, quase meia-noite (olhei o relógio: onze e quinze). Eu pensei: que cara chato, pelo amor de Deus. Eu pedi: por favor.

Ele telefonou, então, para Antoine, um amigo mais jovem do cineclube, um rapaz da minha idade. Michel acrescentou que Antoine tinha recebido esse nome porque seus pais se conheceram numa sessão de *Os incompreendidos*; ele se chamava assim em homenagem a Antoine Doinel. Ele me perguntou se eu havia assistido a *Os incompreendidos*, e senti vontade de mentir que sim e não dar a Michel o gosto da vitória, mas a verdade é que não tinha assistido, e essa era justamente a resposta que Michel gostaria que eu desse, pois poderia resmungar que os americanos não se interessavam por arte ou alta cultura e que era uma vergonha que eu, uma pessoa que trabalhava no ramo do cinema, não tivesse visto todos os filmes com Antoine Doinel de personagem.

Michel telefonou para Antoine e eles combinaram de me levar a um lugar novo que tinha aberto havia pouco. "Bastante americano, você vai gostar." Minhas expectativas, portanto, desabaram, pois meu breve contato com Michel no café me fez entender que "americano", para ele, representava um sinônimo de "lixo", "porcaria", "baixa cultura", "cultura de massas", "entretenimento barato", "morte de tudo que é belo e sagrado" e, claro, "pessoas incultas", "gente estúpida", "filisteus".

E, ainda assim, respondi "O.k.", e quando ele falou que passaria pelo meu hotel para me levar até lá também respondi "O.k.", e pensei que eu não precisava disso, que era uma moça independente, que sabia se divertir sozinha, que construiu toda uma vida sozinha, que tinha matado gente, poxa vida, eu vi a morte à minha frente tantas vezes, enquanto Michel só a enxergou na tela de cinema, mas, que diabos, vou interpretar um personagem, vou ser a garota americana que chegou a Paris e se sente intimidada, vou imaginar por um tempo que eu não seria capaz de matar o imbecil do Michel com um mínimo de esforço, com os meus punhos, com uma faca, um revólver, uma espingarda (mas as espingardas fazem tanta sujeira!), uma chave de fenda, um picador de gelo, um empurrão, um veneno derrubado de forma sorrateira no seu maldito cappuccino.

Desci à rua e senti um vento gélido bater no rosto. Olhei para o meu vestido e notei que não estava, de modo algum, vestida para aquele frio parisiense mais intenso do que eu imaginava enfrentar. Não trouxera sequer um casaco de lã na mala. Michel não tardou a aparecer. Ele me cumprimentou com alguma timidez, mas pude notar que estava mais alegre. No seu "oi" senti o cheiro de vinho no hálito, ou talvez o cheiro viesse de sua pele. Ele caminhava meio torto, não a ponto de precisar se apoiar nas paredes, mas seguindo linhas erráticas. Para minha sorte, quase não falou até chegarmos à boate.

Havia uma fila de quinze pessoas à frente, composta por gente dos mais variados estilos, com cabelos arrepiados, enormes, mantidos de pé à base de laquê, gel ou até mesmo sabão. Cabelos de múltiplas cores, tonalidades nada naturais: rosa, roxo, azul. Antoine logo apareceu. Estava um pouco isolado da fila. Michel nos apresentou e Antoine me cumprimentou efusivamente. Ele disse que era uma alegria conhecer uma estrangeira, que adorava mostrar a cidade para alguém de fora, que eu ia gostar da boate. Falou tudo isso sorrindo, e sorrindo de forma sincera, como se estivesse de fato alegre em me conhecer. Olhei para Antoine e depois para Michel. Não pude entender como aqueles dois eram amigos.

Logo comecei a me sentir melhor. Passei os olhos mais uma vez pelas pessoas que aguardavam na fila e me senti mal quanto à minha vestimenta. Eu estava toda de preto: vestido preto, botas pretas, meia-calça preta. As pessoas na fila formavam um arco-íris fosforescente perto de mim. Antoine logo comentou que tinha achado bacana o meu estilo gótico. Gótico, perguntei, do que diabos você está falando? Mas eu sabia, é claro, do que ele estava falando, apenas nunca tinha me identificado com o movimento, nunca tinha me identificado com nenhum movimento. Eu me encontrava em uma cidade estranha, com pessoas estranhas, e pensei que o melhor seria fingir que era isso, eu tinha essa vida, era uma garota que gostava de se divertir apesar de encarnar o visual gótico, e levei o papel a sério: olhei para baixo como se fosse uma pessoa misteriosa e com fetiche pelo obscuro e pelo sombrio. Pensei, então, que deveria ser incrível levar a sério um estilo, um movimento, se identificar com um grupo de pessoas, com um ideal — nem que fosse um ideal estético —, ter uma bandeira para erguer, um hino para cantar; não ser, de modo algum, essa pessoa que eu era, essa pessoa que não tinha país, apesar de ser uma brasileira morando nos Estados Unidos, essa pessoa que já viu sangue demais fora da televisão e do cinema, que não tinha laços com ninguém, exceto com seu tio, por cartas, e com sua irmã, por cartas, mas isso era complicado. Eu podia interpretar esse personagem da garota americana apaixonada por cinema que ainda tem muito o que conhecer.

Falei a Antoine que Michel havia comentado que seu nome era uma homenagem ao filme de Truffaut. Ele concordou e perguntou se eu tinha assistido a *Os incompreendidos*. Respondi que não, já esperando um discurso similar ao de Michel. Mas, para minha surpresa, ele não o fez. Disse apenas que, na verdade, achava chato pra caramba aquele filme. Ele tinha nascido logo depois da estreia do filme, em 59, e os pais dele acharam uma boa ideia batizar o filho em homenagem a uma das crianças mais problemáticas e insubordinadas da história do cinema. Vai entender. Gostava, entretanto, de outros filmes com Antoine Doinel, como o curta *Antoine et Colette*. Ele perguntou se esse eu tinha visto. Respondi que também não. Ele acrescentou que devia ser ótimo nunca ter visto os filmes de Truffaut. Por quê, perguntei, por acaso são filmes muito tristes, daqueles que estragam nosso dia? Ele falou que não, de jeito nenhum, são filmes leves, divertidos. Apenas porque era um grande prazer assisti-los pela primeira vez, sem saber quase nada sobre os filmes. Ele nunca mais poderia assisti-los pela primeira vez, com a ingenuidade de quem está descobrindo o cinema. Ele não poderia mais ver aqueles filmes, apenas revê-los. Mas eu ainda tinha essa chance. E, por trabalhar com cinema, ficaria ainda mais deslumbrada com a descoberta. E eu sorri, sorri de orelha a orelha, pois o comentário dele ia ao encontro do sentimento que eu havia programado para mim, o sentimento da garota deslumbrada, e notei que eu estava, de fato, fascinada com aquilo tudo, fascinada por estar ali, passando frio em Paris do lado de fora de uma discoteca, conversando com aquele sujeito que, olhando sob a luz da lua, parecia bastante bonito, e não tinha nada da feiura francesa estilosa de Michel.

Antoine disse que era amigo do dono da boate e que não precisaríamos enfrentar aquela fila enorme. Ele nos conduziu até os fundos do lugar e bateu em uma porta de metal. A porta se abriu e uma cabeça branca e careca surgiu, nos olhou com desprezo até fixar os olhos em Antoine, dar uma gargalhada e escancarar a porta. "Oh, meu camarada, não vi você aí. Entre, entre, por favor. Esses são seus amigos? Que entrem, que entrem." Dado o meu conhecimento de francês, ele podia muito bem ter recitado poemas em vez de falar essas palavras.

Entramos. Percebi, então, que Michel não havia dito uma palavra nos últimos vários minutos. Entramos pela cozinha, passamos por dois cozinheiros desesperados e por *bartenders* que corriam de um lado para outro com garrafas na mão. A cada passo que dávamos, a música ficava mais alta. Quando enfim abrimos a porta que levava à pista de dança, senti uma onda gigantesca de ruído se erguer e me engolir. Logo reconheci a música, pois era um grande sucesso nos Estados Unidos: "Tainted Love", do Soft Cell. Então é isso que os franceses ouvem, pensei. Antoine parece ter escutado o pensamento, pois comentou que, apesar de o inglês não ser tão onipresente por lá — alguns franceses se orgulhavam de não falar o idioma —, quase tudo que escutavam nos últimos anos tinha sintetizadores e era cantado em inglês. Este era o momento ideal para Michel fazer um comentário sarcástico, mas ele nada disse, apenas curvou o pescoço e olhou para o solo. As luzes piscavam no teto e um globo espelhado, herança das discotecas da década passada, espalhava a luz prateada pelo salão. As pessoas dançavam, caminhavam, bebiam, os cabelos emplastados de gel com glitter refletiam a luz e criavam minúsculos focos de brilho. Eu não sabia ao certo se estavam se divertindo, mas me senti imediatamente em casa. As notas graves reverberavam dentro da minha caixa torácica, e afirmei, sem destinatário definido, que queria muito uma bebida, uma vodca, ou um gim-tônica, ou qualquer coisa gelada. Michel saiu de seu estupor para responder que iria buscar uma bebida para mim. Antoine piscou, me puxou pela mão e me conduziu mais para dentro do coração da pista de dança, para o interior das trevas iluminadas pelos flashes das luzes estroboscópicas, e começou a se mover, primeiro os ombros, depois um pouco o quadril, timidamente, e eu compreendi que íamos dançar, era aquilo, ninguém ao redor sabia direito o que fazer, ninguém tinha certeza de como interpretar aquele ritmo, aquela música sombria, mais uma canção pop sobre amor frustrado, porém uma música que só fazia sentido quando escutada à noite, uma música eletrônica, artificial, com instrumentos que geravam sons que não estavam presentes na natureza, distorcidos e dissonantes, uma falsidade que me comovia, uma estranheza que emocionava todos ao redor, e eu também comecei a mover meu pescoço, e meus pés, e minhas pernas, e meu quadril, e meu tronco, e, mesmo sem saber ao certo o que estava fazendo, eu tinha certeza de que dançava, de que aquilo era alguma coisa, de que eu estava vivendo alguma coisa, de que eu estava vivendo, e de que o som alienígena do sintetizador e aquela voz sem corpo, aquela voz que, ao mesmo tempo que falava com desespero de um amor manchado, não correspondido, de lágrimas e dor, parecia tão sem emoção, saía de dentro de mim.

3.

Não sei quanto tempo durou o voo do Rio de Janeiro até Los Angeles, mas quando aterrissei no LAX, me senti completamente desconectada da realidade, como se não estivesse de fato acordada, e atribuí isso ao fato de que não tinha dormido um segundo durante o voo, da mesma maneira como não dormira na noite anterior, tensa com minha primeira viagem de avião, com os agentes de imigração raivosos e com os policiais militares no aeroporto brasileiro, vigiando quem ousava abandonar a pátria. Peguei minha bagagem na esteira, que parecia leve como uma caixa vazia, apesar de eu estar carregando roupa suficiente para seis meses de "intercâmbio". Meu tio me esperava em meio a uma multidão no saguão, em frente à saída de desembarque do aeroporto. Apesar de ele não ter feito um só gesto, não ter acenado como as dezenas de pais, irmãos e namoradas que aguardavam seus entes queridos, nem portar uma placa com o nome da pessoa como os motoristas de empresários e trabalhadores, apesar do meu tio ter ficado imóvel, escondendo parte do rosto sob um Ray-Ban, eu o reconheci em questão de segundos.

Corri na direção dele e dei um abraço forte, que ele aceitou com algum constrangimento — uma reação muito diferente do cumprimento efusivo que tinha oferecido no enterro do meu pai. Quando o soltei, vi que ele sorria. Sem dizer uma palavra, colocou o braço ao redor do meu ombro e me conduziu pelo aeroporto enorme até o estacionamento.

Achei que meu tio teria um carro esportivo bacana, um Corvette ou um Mustang. Um Jaguar, quem sabe. Um Maverick já seria legal. Passamos por vários carros sensacionais que pareciam ter saído de filmes de espionagem até chegarmos a um carro discreto que parecia um Fusca mais quadradão. Ele notou a minha decepção e tentou compensar apresentando um equipamento de som moderno. Tirou uma fita cassete enorme e encaixou no painel. "Led Zeppelin", ele disse, e me dei conta de que era a primeira coisa que falava desde que eu havia chegado. "Você não deve ter ouvido ainda, mas é sensacional." Nos dez minutos seguintes, fui obrigada a ouvir uma das músicas mais longas e chatas que já tive o desprazer de ouvir. "Isso é rock!", ele exclamou, empolgado. Se isso é rock, eu detesto rock, pensei comigo mesma, mas não comentei nada. Apenas olhei para o meu tio e me perguntei, mais uma vez, se ele era de fato irmão do meu pai, pois não tinha como duas pessoas serem mais diferentes. O cabelo dele, de um preto cor de óleo de motor, tinha crescido desde o enterro e, a partir de certo comprimento, encaracolava. Próximo à raiz era liso — alguns centímetros depois, crespo. Ele parecia se orgulhar desse cabelo.

O trajeto do aeroporto até a casa dele pareceu um sonho.

Certos aspectos da cidade me lembravam o Rio de Janeiro, e outros pareciam saídos de um cartão-postal. Eu tinha dificuldade de assimilar o que via pela janela do carro e, mais uma vez, atribuí isso à falta de sono.

Quando chegamos à casa dele — um lugar que me pareceu,

a princípio, afastado da cidade —, ele me mostrou um quarto cheio de cadeiras, que tinha uma mesa de sinuca na vertical apoiada contra um roupeiro, livros, pilhas e pilhas de livros no chão, vinis e fitas empoeirados, e uma cama espremida contra a parede. "*Voilá*! Sua humilde habitação!", ele disse. "Você parece cansada da viagem, que tal descansar um pouco?" Concordei com a cabeça. Se meu tio tinha falado pouco, eu havia falado menos ainda. Estávamos longe de nossa verborragia por escrito. Fechei a porta e me joguei na cama, pensando que vir a Los Angeles talvez houvesse sido um dos maiores erros da minha vida.

Os cinco primeiros dias foram estranhos, incômodos, repletos de silêncios esquisitos. Talvez meu tio não fosse alguém com quem eu pudesse ter uma conversa. Talvez eu escrevesse tanto nas cartas porque era como escrever para mim mesma. No fim de semana, ele resolveu fazer um churrasco no quintal. Por churrasco, entenda-se: fritar hambúrgueres numa grelha. Eu não tinha pisado no quintal ainda, ele só me mostrara essa parte da casa no dia em que cheguei. O gramado era malcuidado, estava acima do tamanho agradável, e fiapos de grama roçavam os tornozelos o tempo todo. Não tinha piscina. Havia tocos de madeira espalhados e muitos, muitos cacos de vidro. Por que tantas garrafas quebradas?, perguntei ao meu tio. Ele sorriu. Pensei que não fosse me responder (o silêncio entre nós se tornou comum), mas ele acabou contando:

"Gosto de dar uns tiros." Ele deve ter notado como arregalei os olhos. "É bom para relaxar", complementou.

Ele abriu uma latinha de cerveja e tomou um gole.

"Posso ver?", perguntei.

Meu tio quase baixou a lata de cerveja junto com a cabeça, pois receava cuspir o líquido.

"Ver?"

"Claro. Por que não?"

"Tá bom. Depois do almoço."

Os hambúrgueres ficaram horríveis; um chegou a queimar, e exibia listras escuras do ferro da grelha. Depois do almoço (sem sobremesa, diferente lá de casa), ele foi à cozinha, buscou quatro garrafas, posicionou-as sobre os troncos (após jogar de qualquer jeito os restos das garrafas estouradas no chão) e entrou mais uma vez na casa, agora para buscar a arma. Eu esperava um revólver comum e ordinário, mas ele trouxe uma pistola preta que parecia aquelas usadas pelos tiras nova-iorquinos nos filmes de ação.

"Um amigo me conseguiu a licença", explicou. "Semiautomática. Tem muita gente que prefere uma Magnum. Causa boa impressão, tem estilo, cano longo, os homens gostam de exibir por aí. Mas, pelo menos quando se trata de tiro, sou um cara prático."

Ele fez um sinal para que eu me afastasse um pouco. Caminhou até o ponto mais distante, respirou fundo, levantou a arma na direção da primeira garrafa, ajeitou os ombros e disparou. O vidro verde se espatifou no mesmo instante. Ele mirou na segunda, uma garrafa de vinho. Uma bala certeira fez a parte de cima da garrafa se separar por completo da parte de baixo, e os dois pedaços caíram na grama. Com a terceira aconteceu o mesmo. Antes de disparar contra a quarta e última, ele olhou para mim, orgulhoso da performance. Dei um sorrisinho. Ele ajeitou outra vez os ombros e mirou na garrafa. Não vi onde foi o tiro, mas sei que errou. Meu tio bufou, girou o pescoço, apontou mais uma vez e disparou. Outro erro. Notei que ficara nervoso. Ele respirou fundo, aproximou o dedo do gatilho e eu o interrompi:

"Posso tentar?"

Meu tio acionou a trava da arma, abaixou a pistola e me olhou desconfiado.

"Sabe, isso não parece uma ideia muito boa."

"Por que não?"

"Das muitas coisas que sua mãe não gostaria que você fizesse, disparar armas de fogo é uma delas."

"Mas parece divertido!"

"Armas de fogo existem por vários motivos, diversão não é uma delas."

"Você não disse que gostava de atirar para relaxar?"

Ele parou por um tempo, olhou ao redor, como se alguém pudesse estar nos observando, caminhou até o muro na lateral, espiou para ver se tinha algum vizinho no quintal e voltou até onde eu estava.

"Certo."

Pensei que ele me daria a arma para disparar naquela última garrafa, mas o que ele fez foi derrubar os cacos das outras no chão, buscar três garrafas para reposição e posicioná-las no alto das toras.

Ele colocou a arma delicadamente em minha mão, afastou-se para o lado, e avisou que estava travada. Passou algumas orientações básicas de posicionamento, como deixar os braços erguidos, alertou-me sobre o coice do disparo e me pediu para mirar na primeira garrafa. Disse que eu podia destravar a arma. Disse que eu podia apertar o gatilho. Foi o que fiz.

O coice era mais forte do que eu imaginava, e devo ter dado um passo para trás. Ele achou graça. Contou que, se eu estivesse com uma espingarda, teria quebrado o braço. Seu corpo miúdo não foi feito para esse tipo de coisa, comentou. A garrafa continuava intacta no lugar.

Irritada, nem pensei muito antes de disparar o segundo tiro. Não atingi nada.

"Calma", ele disse. "Com pressa fica difícil de acertar." Ele parou, coçou o queixo e falou: "Você deve estar pensando em coisas demais. Muita atividade nessa cabecinha. Relaxa. Relaxa os ombros. Isso. Mira bem. Agora, esvazia a cabeça. Não pensa em nada".

É impossível, refleti. Eu não conseguia dormir nunca porque

a minha cabeça não parava de girar suas engrenagens. Nunca vou acertar um tiro. E, então, me lembrei da minha técnica para dormir: ler um livro até que as palavras ocupassem o espaço do meu pensamento. Mas não havia livros ali. Então, tentei relembrar algum trecho, algum poema. A primeira coisa que me veio à mente foram uns versinhos de Drummond que, para ser sincera, acho meio bobos.

se eu me chamasse Raimundo
seria uma rima, não uma solução

Disparei. Acertei a ponta da garrafa, que quebrou em parte, deixando o resto intacto.

"Isso!", comemorou meu tio, enquanto eu continuava:

mais vasto é meu coração.

"Na mosca", ele exclamou, quando viu que destruí por completo a garrafa com o tiro seguinte.

Abri um sorrisão, satisfeita. Movi os ombros rigidamente, apontando para a segunda garrafa.

Ninguém sabia que o mundo ia acabar
(apenas uma criança percebeu e ficou calada),

Versos que não rimavam. Não precisavam rimar. Destruí com um tiro a segunda garrafa. Meu tio deixou escapar um palavrão, tamanha a surpresa.

Dei uma risada e já planejei adiante: para a terceira e a quarta garrafas, as restantes, recitaria mentalmente "Áporo", de *A rosa do povo*, um livro que meu pai, apesar de se orgulhar de sua biblioteca diversificada, sempre se recusara a comprar; o primeiro livro que roubei de uma biblioteca pública. A última, seguindo meu plano, se espatifou com a formação da orquídea.

Logo no primeiro dia da mostra de Orson Welles em Paris, assisti a três filmes. Nunca tinha feito uma maratona cinematográfica antes, e saí exaurida do processo. Os títulos eram: *Soberba*, um filme simples e bonito que Welles dirigiu logo após *Kane*; *O processo*, uma adaptação ao mesmo tempo respeitosa e criativa do livro de Kafka; e, por fim, um filme que foi exibido sob o título *Confidential Report*, mas que logo descobri ter outros nomes diferentes, como *Mr. Arkadin*. Na verdade, o que vi foi uma das várias versões do filme. Várias mesmo: Antoine e Michel me contaram que devia existir mais de dez cortes do filme, alguns até com atrizes diferentes, ou falados em espanhol, não em inglês. O curador da mostra deve ter sido conservador e optou por exibir a versão aprovada pela Warner.

"Deve ser por isso que o filme é uma bagunça", comentei.

Michel fez um gesto brusco com a mão que interpretei como "ah, americanos", e, por conseguinte, ignorei.

Antoine, argumentativo, provocou:

"Mas é uma bagunça interessante, não?"

Comecei a repassar o filme na cabeça. O problema de passar o dia no cinema é que você misturava as obras que tinha assistido. Que tipo de filme era *Confidential Report*? Um policial *noir* trágico com personagens estranhos. Um filme trágico. Mais uma vez, Welles interpretava um personagem maior que o mundo. Ele nunca vivia a figura do homem comum; parecia optar sempre por papéis grandiosos. O filme era curto, tinha uma hora e meia, e todos os seus cortes pareciam repentinos, a trama enjambrada, o ritmo apressado. No filme, éramos transportados por inúmeros países. Espanha, México, Marrocos. Uma hora e meia conduzindo o espectador num trem desgovernado.

"Não sei dizer se é interessante. Sei que é uma bagunça. E aquelas filmagens inclinadas, tudo na diagonal..."

"Plano holandês", ensinou o sorumbático Michel, antes de retornar ao seu silêncio.

"Mas quem mais faria essa bagunça?", questionou Antoine.

"Ué, sei lá, qualquer diretor ruim, incapaz ou amador é capaz de fazer um filme desajeitado. Não?"

"Não sei. Acho que *Confidential Report* tem um caos muito pessoal. Welles estava numa fase nômade pela Europa. O filme é nômade como ele."

"Mas o que isso importa? Eu sou uma espectadora que deseja ver um grande filme. Não quero saber se o diretor está com dor de estômago ou se a mãe dele morreu."

Desta vez, até Antoine ficou quieto por um tempo.

"Bom, aí é com você. Os filmes só me afetam se são provas de que há um ser humano por trás da câmera, e não um operário-padrão, uma máquina", retomou.

"Como em Hollywood", resmungou Michel.

"Isso significa que devo valorizar tudo quanto é filme desde que tenha saído de uma pessoa que escolheu o cinema como meio de expressão?", perguntei.

"*Non, non*. Você está racionalizando demais isso, tentando encontrar uma lei geral", prosseguiu Antoine. "Não é assim que funciona. Veja bem, cinema é um ato de amor. Tanto fazer cinema como se sentar no escuro da sala e assistir a filmes como estes. Um ato de amor."

"Mas eu não estou apaixonada por Orson Welles!" Senti vontade de acrescentar: "Na verdade, acabo de conhecê-lo!", porém fiquei quieta.

Antoine retrucou com uma voz tranquilizadora:

"Não se preocupe, logo você se apaixona."

* * *

Meu tio ficou em polvorosa com meu sucesso com uma pistola na mão. Ele andou em círculos pelo quintal, conferiu as garrafas quebradas, caminhou entre os cacos de vidro, repetiu umas mil vezes que não acreditava, que era incrível, que eu era um talento nato, e então foi à cozinha e buscou uma lata de cerveja, abriu-a, bebeu um longo gole, me olhou e ofereceu um pouco. Fiquei um tanto perplexa, pois nunca tinha bebido cerveja. Peguei a latinha, hesitante, e tomei um gole. Achei o gosto horrível, mas não esbocei reação, apenas devolvi a lata para o meu tio, que comentou:

"Ah, diacho, eu não deveria ter dado uma cerveja para uma menor de idade. Mas, quer saber, acabo de entregar uma arma para uma menor de idade, então que se foda!". Ele estava exultante mesmo, e embarcava numa verborragia que me lembrava suas cartas. "Acabei de falar um palavrão! Você ouviu? Eu disse 'que se foda'. Mas você não se incomoda, né? Se o seu pai estivesse vivo, ha!". E soltou um riso engasgado. "Seja como for, dezesseis anos é quase maior de idade por aqui."

Ele bebeu umas sete latas de cerveja seguidas. Caiu a noite. Meio cambaleante, ele me perguntou se eu gostaria de ver algo muito, muito incrível. Respondi que sim, então ele me conduziu até a garagem escura, acendeu uma luz, apontou para uma parede de ferro cheia de ferramentas diversas, acionou uma alavanca na lateral e parte da parede virou para dentro, revelando o que estava escondido: um painel cheio de armas. Eu não entendia de armas, então só reconheci os tipos: uma espingarda, um rifle com mira para tiros de longa distância, um revólver de cano longo e um facão. "Uau." Foi tudo que consegui comentar. Meu tio trocava as pernas ao caminhar.

"Incrível, não?". Ele teve um breve vislumbre do absurdo

da situação, então pressionou outra vez a alavanca e as armas retornaram ao esconderijo. "Vamos lá, você deve estar com fome de novo, vou fritar um ovo."

Eu não estava com fome alguma.

Enquanto ele aquecia a frigideira, me sentei à mesa e perguntei:

"Por que você se interessa tanto por armas, tio?"

"Ah, um vício que peguei dos americanos."

"Sério?"

Ele quebrou um ovo.

"Não, na verdade não."

"E onde foi que você aprendeu a disparar?"

O ovo chiou na frigideira. Ele pôs sal e mexeu o ovo com a espátula.

"Espero que você não goste de gema mole, pois acabo de furar a gema. Vai ficar como se fosse ovo mexido."

Ele me entregou um prato com o ovo esbugalhado, junto com talheres e um pedaço de pão. Então se sentou à minha frente e suspirou.

"Bem, na verdade, tem muito a ver com o seu pai."

"Você não precisa me contar se não quiser, tio."

Mas ele queria. Ou estava bêbado demais para não se abrir. Ele me alertou, claro, que eu não poderia contar a ninguém. Mesmo. Que eu ouviria um segredo enorme. Absolutamente ninguém poderia saber disso. Concordei. E então ele começou a falar de todos os grupos dissidentes, os grupos que fizeram oposição à ditadura. Falou que meu pai, logo que virou pai de família, se tornou um sujeito careta, mais certinho do que já era. Careta, autoritário, estúpido. Queria um mundo ideal para as duas filhinhas, queria que elas crescessem como duas princesas, casassem com bons maridos etc. e tal. Meu tio era outra história. Ator amador, ele andava com o que o meu pai chamava de ralé. Gente doida, artistas, pessoas que falavam de pintura, cinema, música como quem fala de Deus. Os dois irmãos perderam contato. Meu tio apanhou da polícia em meio a um protesto. Um camarada de luta reconheceu nele um desejo muito forte de rebelião. Foi quem o apresentou a um nascente grupo de guerrilheiros.

Franzi o cenho. Eu não sabia muito bem que história era essa de guerrilheiros. Tinha ouvido, é claro, alguma coisa sobre terroristas e sequestros. Perguntei a meu tio sobre isso. Ele falou que era questão de ponto de vista. Meu tio esteve em Cuba, onde treinou técnicas de guerrilha com sujeitos experientes. Aprendeu dezenas de maneiras de matar um homem.

"E me envolvi nisso." De repente, meu tio se calou. Fiquei esperando o fim da história, mas ele deve ter achado que tinha atingido um limite.

"Você já matou um homem, tio?" Ele me encarou.

"Que diferença faz?"

Eu não soube o que responder.

"O que importa, minha querida Ana, é que agora estou aqui, em Los Angeles, onde faço meu churrasco, sou um cara livre, ninguém vai vir me prender. Aqui não tem milico, posso acertar minhas garrafas e ter uma vida bacana. Quando conheci você no enterro, pensei que poderia fazer algo de bom pela minha família. O seu pai foi um cara complicado, o seu país está numa situação complicada. Eu queria que você viesse a Los Angeles para entender que outra vida é possível. Não pretendia contar nada disso. Mas agora você sabe. Espero que não revele a ninguém. Espero que entenda o voto de confiança que estou lhe dando."

Fiz que sim com a cabeça.

"Você pode me odiar depois. Pode achar que eu só fiz merda nessa vida e que seu pai é quem estava certo. Mas não se pode conhecer apenas um lado das situações. Você entende? Entende? Coma o seu ovo. Não tem nada pior do que ovo frio."

* * *

Após a sessão tripla de cinema, fomos a um bar discreto nas redondezas. Michel pediu uma dose de conhaque e Antoine, um Bordeaux para nós dois. Michel bebeu em dois goles o seu conhaque e disse que iria para casa. Assim que ele saiu do bar, Antoine mudou de lugar, sentando-se ao meu lado. Conversamos abobrinhas e ele foi se aproximando cada vez mais, roçando o braço no meu, e, por fim, pegando na minha mão. Com a garrafa pouco abaixo da metade, me convidou para terminarmos o vinho no apartamento dele. Respondi que achava melhor não, o que levou Antoine a soltar a minha mão e se afastar alguns centímetros. Matamos a garrafa e voltei para o hotel. Combinamos de nos encontrar no dia seguinte para a sessão de *Cidadão Kane* que aconteceria no início da tarde. Ele se despediu de forma desajeitada, parecendo confuso.

Naquela noite, na boate, por volta das três da manhã, ele me beijara com entusiasmo, um beijo de língua determinado, e eu tinha bebido demais, e a luz piscava demais, e a música não tinha fim — era uma das chamadas "*night versions*" de Duran Duran. A banda, conhecendo bem o seu público, não deixava que um DJ anônimo remixasse as canções, os músicos ingleses preferiam criar eles mesmos versões estendidas especificamente para a pista de dança. Versões noturnas, chamavam, talvez porque certas músicas só fizessem sentido à noite.

E, naquele momento, eu tive uma espécie de revelação, um vislumbre do futuro. Ali, à minha frente, estava um rapaz bonito, interessante e todos os et ceteras. Seria fácil me apaixonar por ele. Seria fácil imaginar um contexto no qual eu abandonava a vida regida pela morte e me mudava para Paris, onde dançaria New Order, Soft Cell e Human League nas discotecas, beberia Bordeaux, Beaujolais e Bourgogne, aprenderia sobre queijos, me esconderia debaixo dos cobertores no minúsculo apartamento dele durante o violento inverno parisiense, assistiria à neve cair pela janela e, se ele sentisse tédio, faríamos um *ménage à trois*, um lance a três na cama — no banheiro feminino ouvi duas mulheres falando que "todo mundo estava fazendo isso hoje em dia".

Era fácil construir essa visão, somando todos os clichês da cultura francesa — mantidos com zelo pelos habitantes, que insistiam em carregar baguetes debaixo do braço —, misturando-os com um pouco de idealização acerca do que um relacionamento amoroso pode oferecer. Vi tudo isso e voltei para o hotel por volta das quatro da manhã, sozinha, e recusei a nova investida dele no bar. Talvez possamos dormir juntos algum dia, mas não agora, não sou desprendida como as mulheres parisienses, não consigo ser assim, depois de uma primeira vez tudo fica mais tranquilo, a primeira, no entanto, nunca é fácil, nunca é fácil se despir na frente de um homem que nunca a viu nua, nunca é fácil ver como os olhos dele reagem ao seu corpo, aos seus seios, à sua virilha. Isso não me impediu de ficar um tanto triste ao ver Antoine partir, voltando para o seu apartamento sem entender nada. Não tinha intimidade o bastante para fazer amor com ele, repeti para mim mesma. Seria horrível para os dois. Se tivessem me pagado para matá-lo, tudo seria bem mais simples.

Certo sábado, apareceu um amigo do meu tio na casa de Los Angeles, um amigo de longa data, brasileiro, que agora morava em uma cidadezinha de Idaho. Meu tio decidiu preparar um churrasco mais caprichado que o normal em homenagem a Norberto, e estocou pelo menos trinta e seis latas de cerveja na geladeira. Mas cerveja não estava nos planos de Norberto.

"Olha o que a minha filha trouxe do Brasil!", ele exclamou ao chegar, brandindo uma garrafa de cachaça mineira antes mesmo de passar pela porta. "Rapaz. Rapaaaz. Raaaaapaaaaaaaaz." Meu tio parecia uma criança recebendo um brinquedo direto das mãos do Papai Noel. "Também tô com um fumo dos…", ia acrescentar Norberto. Entretanto, ao ver minha figura encolhida no canto da sala de entrada, ficou sem palavras.

"*And you are…?*", ele perguntou, olhando com curiosidade em minha direção.

"Corta o inglês, a menina é minha sobrinha, veio passar uns dias aqui."

Norberto — um cara obeso, careca, do tipo que parece estar sempre suado, mesmo quando acaba de sair de um banho frio, do tipo que precisa comprar camisas em lojas especiais — me cumprimentou carinhosamente, como se eu também fizesse parte da família dele.

"E que idade tem a mocinha?", ele me perguntou, galanteador.

"Dezesseis."

"Nada de cachaça para você, camarada!"

"Nem pensei em beber esse troço."

"Não fala mal dessa preciosidade, não. Isso aqui vale milhões. Direto de Minas. Você é de onde?"

"Rio."

"Cidade bonita. Mas complicada."

"Você parece meu tio."

Os dois se olharam, sorriram e trocaram outro abraço.

Antes de o primeiro aperitivo ficar pronto, uma linguiça com mais partes brancas de gordura do que carne, meu tio e Norberto beberam metade da garrafa, cada um fazendo um brinde mais estapafúrdio que o outro. Brindaram a amigos que não estavam presentes, gente com nomes de diversas nacionalidades, brindaram a um momento incrível que viveram em Cuba, brindaram à mudança, à vida, ao mundo, ao sonho de uma época melhor, uma época que valesse a pena ser vivida.

Ao final do almoço, meu tio trocava os passos e enrolava a língua. Os dois amigos saíram cambaleando abraçados pela grama do quintal, afastando-se de mim, como quem quer conversar sobre temas que minha presença impedia. Voltaram logo e sentaram novamente ao redor da mesa. Meu tio suspirou, olhou para mim e disse:

"Essa menina tem um talento que não dá para acreditar, camarada. Um negócio fora de série. Além da imaginação."

Enrubesci e desviei o olhar. Torci para que não prosseguisse com a história.

"Ah, é? Mas que talento?", perguntou Norberto, esperando que meu tio citasse algo adequado a uma mocinha de dezesseis anos, como caligrafia ou balé.

"Só vendo. Só vendo para crer. Tem que pegar a minha pistola."

As sobrancelhas grossas de Norberto se retorceram. "Como assim, pistola, rapaz? O que uma garota bonita dessas quer com uma arma de fogo?"

"Bicho, só vendo. Só vendo. Sério."

Mantive o silêncio, o rosto apontando fixo para a grama aos meus pés.

Com muita dificuldade, deixando tudo cair, meu tio montou o estande de tiros, colocando como primeiro alvo a esvaziada garrafa de cachaça mineira. Norberto assistiu a tudo sem dizer palavra. Olhei para o lado e vi a arma sobre a palma da mão do meu tio.

"Não quero, tio."

"Deixa a menina em paz, José."

"Vamos lá, só um tiro. Unzinho só."

"Não, não quero."

"Unzinho. Só pra mostrar pro amigo do tio. Vamos lá."

“Não, já disse que não quero.”

“A garrafa de cachaça. Vai. Vamos. Vai ser legal.”

“Não, porra!”

Era a primeira vez que eu falava um palavrão na frente do meu tio. Notei que, mesmo embriagado, ele ficou surpreso. Irritada, me ergui da cadeira, peguei a pistola, carreguei, destravei, apontei para a garrafa de cachaça e disparei. Não pensei em poema algum, estava furiosa demais para isso. O vidro transparente da garrafa se espatifou em centenas de cacos.

“Cacete”, balbuciou Norberto.

Provisoriamente não cantaremos o amor, pensei, atingindo a segunda garrafa. *Cantaremos o medo*, terceira garrafa, *não cantaremos o ódio*, quarta.

Joguei a arma no chão e saí do quintal. Com o canto do olho, observei que Norberto estava com a boca escancarada. Fui para a cozinha me servir um copo d’água. Pude entreouvir os dois conversando, Norberto dizendo que um talento assim não podia ser desperdiçado, deveria ser aprimorado, que eu podia ser treinada, que eu podia me tornar uma aliada. Também ouvi meu tio pedindo que ele me deixasse em paz. Voltei devagar ao quintal e escutei o ruído do fósforo riscando, meu tio acendendo um cigarro preso na boca e dando uma longa tragada.

Rever *Cidadão Kane* no cinema, em Paris, foi como assistir a um filme que eu nunca tinha visto. O que antes havia me passado despercebido, a montagem de uma imagem se encaixando na outra durante as transições, a ação que transcorria no fundo, enquadramentos de tirar o fôlego surgindo quando você menos espera, tudo isso me saltou aos olhos na penumbra do cinema. Saí da sala extasiada, com minhas pernas bambas, e tive a impressão de que o parque que ficava ao lado da cinemateca tinha cores diferentes, mais vibrantes e intensas. Eu havia chorado em pelo menos três momentos durante a projeção, embora o filme esteja longe de ser lacrimoso e sentimental. O enredo não dá motivos para chorar. A trilha sonora não aumenta de volume, pondo em evidência violinos plangentes. Nada disso. É um filme carregado por uma força de outro mundo, um vigor descomunal, uma energia violenta. Foi como assistir à fusão do átomo na tela: uma liberação brutal de energia capaz de deformar a nossa sensação de tempo. Duas horas se passaram em uma fração de segundo. Saí, exangue, muda, inapta a responder a pergunta mais básica, sobre se iríamos ao café agora ou o que beberíamos.

"Ela vai querer uma água", Antoine pediu ao garçom. "Está tudo bem? Você parece tão... pálida." Fiz que sim com a cabeça. "Ainda falta uma hora para a sessão de *F for Fake*. Que tal se a gente pedir um vinho?" Fiz que sim com a cabeça, e Antoine pediu uma jarra de Côtes du Rhône, o vinho mais barato da casa. O garçom desapareceu e quando dei por mim havia um cálice cheio de um líquido bordô-claro à minha frente. Bebi-o como se fosse água e eu estivesse há uma semana no deserto de Atacama. "Tem certeza de que está tudo bem?", ele tornou a perguntar. "Sim", consegui murmurar, e senti que ele pensava que meu estado incomum tinha relação com o fato de não ter querido dormir com ele na noite anterior.

"Nossa!", foi o que consegui articular. "Que filme!", exclamei, enfim. Ele sorriu com metade da boca e comentou: "Entendo".

Ficou muito claro, para mim, o que aconteceria a seguir. Meu tio tentaria me proteger da vida, o amigo dele me chamaria para uma viagem, uma jornada de aprendizado com seus camaradas. São raros os momentos em que tenho esse tipo de premonição em relação ao futuro. De modo geral, fico surpresa com minha própria ignorância. Ali, me surpreendeu o fato de que não pude prever o que aconteceria. Mas, ouvindo a conversa dos dois, entendi tudo. Entendi as forças de resistência, o atrito que se esforça para preservar a inércia, e as forças de movimento em oposição. Compreendi o jogo que se desenrolava e concluí que só havia uma saída para aquela disputa.

Norberto foi embora sem muito dizer. Durante toda a semana, ele e meu tio conversaram ao telefone. Conversas tensas, que eu entreouvia à distância. Não era capaz de distinguir palavras, mas o tom de voz do meu tio deixava claro o tema da discussão. No fim de semana seguinte, o amigo do meu tio apareceu de novo e veio falar diretamente comigo, me tratando como algo mais do que uma sobrinha esquisita do meu tio que aparecera do nada naquela casa em Los Angeles. Ele afirmou que eu tinha um talento inegável no manejo de armas, e perguntou se não estaria interessada em aprimorar esse dom, e, com isso, trabalhar a favor da democracia, da liberdade e da justiça. Eu estava pouco me lixando para a liberdade, para a democracia e para a justiça, que, a meu ver, eram palavras que só faziam sentido em romances franceses. Falei que sim, queria, sim. Ele sorriu e meu tio riscou um fósforo para acender um cigarro.

F for Fake. Orson Welles diante da câmera se comportando como um mágico. Ele promete que tudo que veremos na próxima hora é a mais pura verdade. Uma avalanche de FAKE! desaba pela tela após tal declaração.

Tudo que *Cidadão Kane* é, *F for Fake* não é. Não é grandioso, magnífico, calculado, perfeito. *F for Fake* é veloz, frenético, confuso, desesperado. *Kane* é um quebra-cabeça de medidas exatas. *F for Fake* é uma colcha de retalhos costurada por um homem de mãos calejadas e senso estético peculiar.

O centro de *F* não é um homem que tentou dominar o mundo e conquistar o amor do povo, como Charles Foster Kane, mas dois falsificadores profissionais: Elmyr de Hory, que pintava Picasso e Matisse com a facilidade com que uma criança encaixa peças de Lego, e Clifford Irving, que escreveu sobre Hory e também foi autor de uma biografia falsa de Howard Hughes. Se pensarmos friamente, trata-se de um documentário, mas o filme de Welles não tem nada em comum com um documentário tradicional. É uma reflexão na qual o autor olha para a câmera e pensa em voz alta, um registro de fatos narrados com um ritmo mais alucinante do que o filme de ação mais selvagem dos anos 80. É um filme consciente de ser um filme, que fala de um falsificador que escreveu um livro sobre outro falsificador. Presença mais marcante que a de Hory e Irving, que são, afinal, os temas do documentário, é a do próprio Welles, em cena e fora dela. Não me refiro apenas à parte final de *F for Fake*, que envereda pela ficção e dá destaque a Oja Kodar, amante do diretor. Welles deixa sua marca indelével ao interromper a ação do filme e recitar, com a sua voz única e inimitável, um poema de Rudyard Kipling. No poema, Adão, desfrutando o Paraíso, traça desenhos no barro, contente e radiante, até que aparece o Diabo e pergunta: "É bonito — mas é arte?".

No filme de Welles, a pergunta surge para satirizar os especialistas, que são os responsáveis por determinar o que é ou não arte. Elmyr de Hory pintava reproduções perfeitas de Matisse em questão de minutos, mas não era considerado artista, e sim um enganador. Clifford Irving cunhou uma biografia de Howard Hughes, afirmando que conversou com o milionário recluso, mas as tais conversas nunca aconteceram. Seriam Irving e Hory menores do que os verdadeiros artistas? Mas o que é arte senão aquilo que os especialistas definem como arte? Essas provocações estão claras no contexto do filme de Welles. Todavia, a declamação da poesia transcende tais reflexões. A entonação de Welles, a sua pronúncia inigualável questionando: "*It is pretty, but is it art?*", revelava uma pergunta que, removida de contexto, podia se tornar uma fórmula contagiosa.

Um avião pequeno de hélices barulhentas me levou a Miami, e um barco enferrujado, com motor ofegante, me levou a Cuba. Durante todo o trajeto, o amigo do meu tio me fez perguntas, infinitas perguntas, pedindo opiniões sobre meu tio, meu pai, o Brasil, os militares, a ditadura. Não respondi muita coisa, pois a verdade é que não sabia qual era minha opinião sobre o Brasil, os militares ou a ditadura. Havia pessoas como o meu pai, que achavam que apenas a ordem traria progresso; havia pessoas como o meu tio, que ouviam Led Zeppelin e atiravam em garrafas no quintal e achavam o contrário. Qual era a minha posição? Aos dezesseis anos, nunca tinha parado para pensar sobre o assunto.

Chegando a Cuba, um carro mutilado, tão capenga quanto o barco e o avião, me conduziu a uma clareira no interior de uma selva densa. Lá conheci os responsáveis pelo treinamento de guerrilha e me dei conta de que saber português não me ajudava muito na hora de compreender o espanhol de um cubano. Eles falavam com lentidão, para que eu entendesse. Eles repetiam, educada, pacientemente. Nos últimos dois anos, o número de brasileiros treinados em Cuba tinha diminuído bastante, contaram, mas, por causa da língua, não captei os motivos.

Dormi em uma barraca pela primeira vez na vida e fantasiei que aquilo era como acampar com uma amiga de colégio. Mas quem dividiu a barraca comigo foi o amigo do meu tio, que, como eu esperava, roncava como um motor avariado.

Eu me lembro dos três meses que passei na selva como uma mescla de sonho e pesadelo. Eu me via cercada de estranhos que falavam em espanhol sobre "a causa", que se chamavam de "camaradas", que repetiam palavras que os deixavam emocionados, como liberdade, igualdade, direitos humanos do povo, dos proletários, que vociferavam contra o imperialismo ianque, os militares, a repressão, Pinochet e Médici.

Naqueles meses, aprendi bastante. Não necessariamente sobre política, mas coisas práticas, como acender uma fogueira com gravetos, usar binóculos, segurar um rifle da forma correta, montar uma barraca em poucos minutos, dormir ao relento, atravessar pântanos, prender a respiração debaixo d'água, golpear uma pessoa de modo a deixá-la inconsciente, repelir uma tentativa de estupro, disparar um revólver simples, disparar uma espingarda, disparar um rifle de caça, fazer reconhecimento de terreno, extrair veneno de picada de cobra, reconhecer tipos venenosos de cobras e aranhas, surpreender um inimigo, me deslocar com velocidade pela floresta, usar facão para cortar galhos, a maneira mais rápida de matar uma pessoa com uma faca, a maneira mais silenciosa de matar uma pessoa com uma faca, a maneira mais silenciosa e eficaz de matar uma pessoa usando apenas as mãos, montar minas caseiras, instalar minas caseiras, plantar dinamite, desativar sistemas de comunicação, operar um sistema de rádio, e, lembrei agora, foi também durante o treinamento que dei meu primeiro beijo, em um garoto de dezessete anos que não falava português nem a língua dos imperialistas, um beijo desajeitado, turvo, mas que contou como aprendizado, e também descobri como se obstrui uma estrada usando árvores caídas, derruba-se uma árvore, e a mirar em pneus de carros em movimento, distinguir hierarquias militares com base nos uniformes, pilotar um jipe, abrir fechaduras usando grampos de cabelo, romper algemas, preparar um coquetel Molotov, reconhecer tipos de munição, distinguir marcas de bala, mirar na cabeça, sempre na cabeça, esteja eu em movimento, esteja o alvo em movimento, mirar na cabeça e disparar na cabeça, obtendo assim a chamada morte "limpa".

O último filme do festival em homenagem a Welles a que assisti foi *Campanadas a medianoche*, também conhecido como *Chimes at Midnight*. A projeção estava com o áudio danificado (ao menos, eu pensava que a culpa era da projeção, e não do filme e sua produção truncada) e não entendi quase nada dos diálogos, ou seja, tive que me coordenar apenas pelas imagens. Embora Welles seja um cineasta que busca dizer tudo através da câmera, devo admitir que não compreendi quase nada, talvez culpa da mistura amalucada de peças de Shakespeare que borbulha no caldeirão do enredo. Na saída, me contaram uma anedota curiosa: o filme tinha sido indicado à Palma de Ouro em Cannes, e Welles, que considerava *Campanadas* a sua verdadeira obra-prima, maior até mesmo que *Kane*, acreditava que receberia o prêmio, ainda mais com um júri formado por amigos franceses que, ele acreditava, compreendiam o seu trabalho melhor que os americanos. E, no entanto, a Palma de Ouro foi para o filme de estreia de Claude Lelouch, *Un Homme et une femme*, que Welles desprezava. Ele ficou furioso com a situação, é claro, e botou a culpa no fato de que os franceses, nos anos 60, por conta de todas as agitações políticas que fermentavam, não se animariam a premiar um americano, por mais que admirassem o seu trabalho. Logo em seguida, ficou sabendo que lhe dariam um prêmio especial, uma espécie de prêmio de consolação. Meio contrariado, foi à cerimônia. No momento em que entregam a Palma de Ouro a Lelouch, a plateia se levanta e vaia por dez minutos. Quando Welles recebe o prêmio especial, é ovacionado por quinze minutos. Esse é o fim da anedota, e quando terminam de me contar, o rosto de Welles se materializa em minha mente, com um sorriso incontrolável, um homem que vê a confirmação de sua teoria: os críticos e os especialistas são uma farsa, o público sabe quem importa. Como Charles Foster Kane, é do povo que ele deseja todo o amor. Anos depois, na expressão do mágico de *F for Fake* brilha o sorriso que, imagino, fosse idêntico ao esbanjado durante a cerimônia em Cannes. Um sorriso de desprezo em relação aos críticos e especialistas que o menosprezavam.

Pensei muito tempo sobre essa anedota, pois sentia que ali havia alguma grande verdade a ser extraída, algo acerca da relação complexa entre Welles e os europeus. Não fui capaz de concluir nada, no entanto, e pensei que talvez já estivesse cansada demais para refletir sobre esses assuntos. Naquele momento, precisava me distanciar de Welles e de Paris.

Quando o festival terminou, recebi um telefonema no qual a voz sem nome perguntou quando deveria marcar uma passagem de volta para os Estados Unidos. Esse era o momento em que eu deveria pedir uma passagem para o dia seguinte e começar a guardar as roupas na mala. E, contrariando qualquer lógica, respondi que gostaria de ficar, se possível, mais duas semanas em Paris por motivos de pesquisa. Estava aprendendo muito sobre cinema, e precisava disso para conseguir me aproximar de Welles e executar o serviço à perfeição. A voz concordou e disse que eu receberia uma quantia extra de francos para me ajudar nas despesas. Agradeci e desliguei.

Abri o jornal e li a programação de cinema. O que ver pós-Welles? Como tirar as suas imagens da minha cabeça? Escolhi filmes falados em inglês (não foi tão fácil quanto eu imaginava: como gostam de dublagem!), mas a verdade é que eu tinha tanta facilidade para línguas que já compreendia bastante do que falavam em francês (ver filmes de Welles com legenda foi útil), e acho que seria capaz de entender boa parte de um filme no idioma. Se eu não tivesse um trabalho mais rentável — e interessante —, poderia muito bem virar professora de português ou inglês aqui em Paris, ou até estudar o assunto. Não fosse por um detalhe: poucas tarefas me pareciam mais entediantes do que frequentar uma universidade.

Na minha busca por filmes falados em inglês, descobri que, em um cinema obscuro e malfalado de Paris, ocorriam as chamadas "sessões da meia-noite", que apresentavam dois filmes de terror a partir desse horário.

Sem muito esforço, passei a assistir de três a cinco filmes por dia. Às vezes, para me acompanhar, eu convidava Antoine, que começou a recusar meus convites e, quando aceitava, continuava a tentar me levar para a cama.

Uma madrugada, assistimos a um filme de George A. Romero e a outro de John Carpenter. Antoine ficou extasiado com o filme de Romero (*Despertar dos mortos*). Eu respondi, imitando a voz de Orson Welles: "*It is pretty. But is it art?*". Ele me encarou, o rosto convertido numa interrogação, e perguntou se eu estava falando sério.

"Não", respondi. "Quer dizer. Não sei."

"É um grande filme."

"Sim. Excelente."

"Achei melhor que *Noite dos mortos-vivos.*"

"Não sei. Não. Humm. Não."

"Seja como for, grande filme."

"*It is pretty, but is it art?*"

"Você não pode estar falando sério."

"É arte? Pergunta simples. Vamos lá. *Despertar dos mortos*. Arte ou não?"

"Isso é uma pergunta subjetiva."

"Sim, não há definição clara e estável do que é arte. Blá-blá-blá. Todo mundo sabe disso. É uma questão subjetiva. Os especialistas que se danem. Então, para você, Antoine. *Is it art?*"

Ele pensou um pouco. "Não."

Caminhamos em silêncio. Notei que andávamos em direção à casa dele. Não fiz nenhum esforço para mudar a rota.

"E o outro?", ele perguntou, de repente.

"Que outro?"

"O outro filme que vimos agora. *Enigma de outro mundo.*"

"É arte? Você que decide."

"Não, quero saber a sua opinião."

"É *pretty*. Sem dúvida." Comecei a rememorar cenas do filme de Carpenter, a tensão na cena do teste de sangue, o branco desolador da neve, a trilha minimalista. "Arte. Acho que é arte. Sim."

"É. Talvez."

O rosto de Welles surgiu em minha mente, olhando para a câmera, recitando Kipling.

"Mas não é nenhum *Cidadão Kane.*"

"Só *Cidadão Kane* é *Cidadão Kane.*"

"Eu sei. Uma pena, não?"

Chegamos ao prédio de Antoine. Ele abriu a porta e eu ajudei a empurrá-la, deixando claro que passaria a noite lá. Eram quatro e meia da madrugada e eu me sentia cansada demais para recusar qualquer investida sensual. Ele colocou a mão na minha cintura e em um movimento diagonal com a cabeça, colou os lábios contra os meus. Não ofereci resistência, nem quando ele começou a levantar meu vestido.

Foi bom? Essa é a pergunta que os homens costumam fazer ao final, e eu nunca sei o que responder. Talvez, não sei. *But is it art?* Rá. Antoine, como eu esperava — como qualquer um esperaria, como a sociedade esperaria —, se revelou um amante atencioso e esforçado, mas após vinte minutos senti que eu fazia sexo apenas por inércia. Vi que ele não queria terminar antes que eu fizesse algum ritual de gemer e espremer os olhos e arranhar as costas dele, mas não havia orgasmo nenhum no horizonte, e não sou mulher de fingir. Escorreguei minhas mãos pelas costas dele, e a deslizei até a bunda, que comecei a pressionar para que ele fosse mais rápido. Ele tirou de dentro de mim alguns minutos depois e sujou toda a colcha. Pedi para deitar ao meu lado e fechei os olhos e fingi adormecer (ele não sabia que eu era insone) antes que ele se recuperasse e quisesse fazer sexo mais uma vez. Lá fora, alguns pássaros cantavam. Fico muito irritada ao ouvir pássaros cantando de madrugada, é como se rissem de todos nós que varamos a noite tentando apagar as coisas que passam pela nossa mente e dormir. Cada pio é uma gargalhada. Com alguma frequência penso em pegar uma arma de pressão e acertar um por um os malditos passarinhos.

Terminado o treinamento de guerrilha, voltei para a casa do meu tio, que sabia que em pouco tempo eu retornaria de vez ao Brasil, para a vida entediante com minha mãe e minha irmã, que nunca sonhariam com as coisas que fiz enquanto estava fora. Ao menos até ser maior de idade. A minha relação com meu tio mudou bastante após minha passagem por Cuba. Ele se mostrou mais reservado e parecia estar sempre se questionando se havia sido uma boa ideia me tirar da vida ordinária de adolescente de classe média no Rio de Janeiro. Em alguns diálogos, ele mencionou como gostava do samba e da hospitalidade brasileira. Eu me perguntei se isso aconteceria com todo mundo que se exila em outro país: passar a ver o local de origem pelo filtro do estereótipo. Samba e hospitalidade? Só faltou falar do futebol e do Carnaval. O ano era 1976, e nem mesmo em 1985, nos dias que passei em Paris, eu entenderia como funciona a relação das pessoas com os estereótipos de nação, essas ficções fáceis construídas para dar sentido a lugares e pessoas e experiências. É claro, eu não pensava com essas palavras na época, mas minha pele se arrepiou quando ouvi meu tio falar de samba. Logo ele, o roqueiro que nem sequer tinha discos de MPB em casa, que uma vez ironizou os músicos por terem feito um protesto contra a guitarra elétrica no início da ditadura. Ficou claro que o comentário sobre o Brasil tinha mais a ver com o fato de que ele não sabia mais o que fazer comigo e temia ter me arruinado.

Ele também tentou conversar comigo sobre política, e esse assunto, confesso, se revelava mais e mais incompreensível para mim. Todo mundo ao meu redor em Cuba enxergava na ditadura um grande inimigo, e era de fato o que ela parecia ser, embora, tirando a breve passagem pelos Estados Unidos, eu só tivesse vivido sob o regime da ditadura, pois desde a infância via jipes e milicos espalhados pelo Rio, e desde a infância escutava silêncios e tensões entre adultos que talvez fossem pessoas muito mais alegres se não tivessem que se preocupar com quem poderia escutar os pensamentos que ousavam dizer em voz alta. Mas eu não entendia o que os guerrilheiros gostariam de implantar no lugar, e como os ideais de justiça e liberdade se concretizariam. Esse não era o maior problema, no entanto. O problema é que eu não conseguia me empolgar com a "causa", fosse lá qual fosse.

E, ainda assim, nada me impediu de aceitar o serviço que me foi oferecido quando recebi uma ligação inesperada em Los Angeles, na qual uma voz (de quem?) me perguntou sobre quando eu retornaria ao Brasil e se eu não estaria interessada em pôr em uso algumas das coisas que aprendera em Cuba. Eu disse sim, claro que sim, e ele disse que era pela causa, a causa para a qual eu não ligava, que gerava um entusiasmo febril em tanta gente. Aceitei apenas porque era muito boa em disparar armas de fogo e em usar armas brancas e achava que deveria aproveitar meu talento. Todo mundo tem um dom especial, seria um desperdício não explorá-lo.

4.

Mortos nem sempre ficam mortos pela eternidade. Tão óbvio que meu pai ressurgiria, fantasmagórico, assim que eu pisasse no Brasil. Eu só não imaginava que seria daquele jeito, que a voz sem rosto ou nome falaria do meu pai, perguntaria se havia algum impedimento. Aconteceu na segunda ligação, no telefonema que recebi já de volta ao Brasil, o telefonema que pretendia dar alguns detalhes (não todos, telefones, afinal, não são meios seguros). O serviço seria sequestrar o sr. Oswaldo, colaborador dos milicos, dedo-duro famoso, responsável por delatar um punhado de artistas — músicos, escritores e até mesmo um ator. "Precisamos ser completamente honestos com você", me disse a voz, em tom solene. "O Oswaldo era um antigo conhecido do seu pai." Fiquei em silêncio, sem entender nada. "Para ser específico e deixar tudo às claras, Oswaldo era amigo do seu pai e foi quem recomendou o nome dele para os militares." Por um instante, abandonei toda a lógica e pensei que esse tal de Oswaldo tinha denunciado meu pai, como fizera com os artistas. "Não sei se estou acompanhando o que o senhor quer dizer", murmurei, e me dei conta de que usei a palavra "senhor" sem ter a menor ideia da idade do corpo que possuía aquela voz — ou o corpo possuído pela voz. Escutei uma respiração pesada do outro lado da linha, seguida de um clique. A pessoa tinha desligado na minha cara. Deixei o telefone cair, incrédula. Fui até a cozinha e minha mãe perguntou por que meu rosto estava tão pálido. Não respondi e corri para o quarto, onde me joguei na cama e fiquei tentando me lembrar do meu pai, do que ele fazia fora de casa, da profissão dele. Pode parecer ridículo, mas nunca dei bola para isso. Quando um coleguinha perguntava na escola, eu respondia, em piloto automático, que meu pai era engenheiro, pois sabia que ele "trabalhava numa firma de engenharia" e era "formado em engenharia", seja lá o que essas coisas signifiquem. Deitada, olhando para o teto, notei que não sabia quase nada sobre o meu pai, e quando pensava em seu nome, me recordava apenas de coisas das quais preferia não ter ficado sabendo. O telefone tocou outra vez meia hora depois. Corri para atender, pensando que era a voz. Para minha surpresa, escutei o "alô" inconfundível do meu tio, em uma ligação péssima e coberta de ruído, típica de um telefonema internacional.

"Eu normalmente mandaria uma carta, mas estão com pressa. Me ligaram e pediram que eu falasse contigo, pois parece que você está muito por fora de certas coisas e nada melhor do que alguém da família para contar. Você pode falar agora? Assim, em um lugar privado?"

Expliquei, sussurrando em inglês, que o telefone ficava na sala, que minha mãe estava por perto, na cozinha, mas que ele falasse o que tinha para falar naquele mesmo instante, eu ouviria e não pronunciaria uma só palavra, e se minha mãe passasse por perto eu soltaria uma gargalhada como se a conversa fosse com a minha imaginária irmã de intercâmbio. Ele disse O.k., mas que talvez não fosse uma boa ideia, apesar da pressa talvez fosse melhor ligar depois, ninguém sabe como eu reagiria. Garanti que não tinha problema, que era para ele falar logo o que tinha para falar. Então, ele me contou que meu pai era conhecido pela simpática alcunha de Doutor Eletrochoque e que o seu incrível talento para a engenharia era utilizado para modificar aparelhos e desenvolver sistemas aprimorados de tortura com choque elétrico, e que graças ao incrível dom do meu pai para a assim chamada engenharia, algumas dezenas de pessoas sofreram dores que não imaginavam possíveis, algumas tiveram o cérebro tostado e depois foram catalogadas como "desaparecidas". Murmurei "*details*" e meu tio suspirou e mencionou nomes engraçados como "pimentinha", um nome engraçado mesmo, cheguei a dar uma risada. "Pimentinha" era uma das máquinas que controlavam as descargas elétricas nas pessoas, e naquele momento pensei apenas em desenhos animados, nos quais um personagem toma um choque e sua imagem fica em negativo, e aparece o esqueleto da pessoa — ou do ratinho meigo, ou do gatinho perseguidor — como se fosse um raio X, e não pensei, de modo algum, em como esses choques de fato funcionavam, não imaginei, naquele instante, nem teria como, que alguns torturados sofriam convulsões violentas, espumavam pela boca, mordiam a própria língua, arrancando nacos dela, não fazia ideia de que uma pessoa que sobrevive a uma tortura elétrica fica tão destruída como alguém que passou por uma guerra. Nos desenhos animados, as pessoas e animais queridos e meigos que tomavam choque costumavam receber a descarga elétrica no pé, na cabeça, nas mãos (após enfiar um dedo na tomada), nunca no pênis, de modo algum, desenhos animados não têm pênis, mas aparentemente alguns terroristas (esse era o título que recebiam) tinham pênis, ou vaginas, como eu, e aparentemente alguns fios eram ligados ao órgão genital durante as sessões de tortura, e aparentemente isso era um meio muito eficaz de obter informações, mas isso o meu tio não contou naquele telefonema, nem quando eu pedi "*details*", e isso eu não imaginei, pois mesmo com os poucos "*details*", eu insistia em pensar numa descarga elétrica no Tom, uma justiça divina inevitável para todos aqueles que perseguem ratinhos perspicazes como o Jerry. É da natureza do animal perseguir o inferior, mas no universo Hanna-Barbera a inferioridade física é ofuscada pela superioridade intelectual, e a justiça é concretizada pela violência, e Tom apanha, apanha sem parar, cai de alturas, toma choques e fica zonzo, seu esqueleto brilha e pisca com as descargas elétricas, e Jerry, sádico, sorri. Que animal tão sádico, Jerry. Tendo a chance, Jerry encaixaria um fio elétrico na genitália de Tom? Uma coisa é certa: Tom podia ser bobo, mas adoraria ver Jerry eletrocutado, o corpo inteiro fritando até se tornar carvão. Eu disse O.k. para o meu tio, apenas "O.k.", e soube que aceitaria o serviço de sequestrar o tal Oswaldo, o amigão do meu pai, gato sádico, e apesar de eu não ter aprendido nada sobre descargas elétricas no meu treinamento em Cuba, conheci muitas técnicas de causar dor e sofrimento tão adequadas quanto.

Em *Mr. Arkadin*, que eu veria em 1985, Orson Welles declama a fábula do sapo e do escorpião. O escorpião quer atravessar o rio e pede carona nas costas do sapo. O sapo se recusa, temendo uma picada. O escorpião argumenta que não faz sentido: por lógica, se ele atacasse o sapo, os dois morreriam no rio. O sapo cede e transporta o escorpião. No meio do caminho, sente uma dor incrível — tinha sido picado. E a lógica? Não há outro desfecho possível. Essa é minha natureza, diz o escorpião.

Não há dúvida de que está na natureza de Tom perseguir Jerry, e na dos gatos perseguir os ratos, que estão abaixo deles na cadeia alimentar. Resta perguntar se faz parte da natureza dos ratos desejar uma morte lenta e dolorosa para os gatos e para todos os outros animais arrogantes que se consideram superiores aos ratos.

* * *

Foram curtos demais os meus últimos dias em Paris. Nas últimas semanas, adotei uma rotina estrita de filme, filme, filme e um pouco de sexo no final. Nos intervalos, eu tomava banho e bebia vinho.

Frequentei algumas *fromageries* e tentei entender algo sobre os duzentos tipos de queijo vendidos na cidade, mas não tive sucesso na empreitada, sendo incapaz de memorizar sequer o nome do nauseabundo queijo que deixava um gosto de podridão entranhado na garganta.

Na segunda vez em que dormi com Antoine, nós dois apertados na cama de solteiro que ocupava quase todo o quarto dele — o apartamento em si deveria ter algo como vinte metros quadrados —, devo admitir que foi melhor. É estranho pensar como os nossos corpos se adaptam uns aos outros. Na segunda vez, tudo parecia encaixar com mais naturalidade. Por isso, talvez, um casal de longa data, que faz tudo em conjunto, parece ter sua identidade — até mesmo visual — meio fundida, cada membro do casal parece, ao mesmo tempo, complementar e imitar o outro. E deitada ali, com Antoine me abraçando por trás, me perguntei se algum dia eu teria um relacionamento assim. Sempre achei que certas coisas não tinham sido feitas para mim. Fizemos sexo mais uma vez e por muito pouco não gozei. Nos meus últimos dias em Paris, não desgrudei da caderneta que tinha comprado para fazer anotações sobre os filmes a que assistia. Foi uma sugestão do Michel: só se aprende algo de cinema sendo metódico. Você anota o título, o ano do filme, o formato e tipo da película, o nome do diretor, é claro, o nome dos atores principais e a sua opinião sobre a obra em questão. Comecei seguindo rigidamente essa metodologia. *Teorema*. 1968. D.: Pier Paolo Pasolini. 35mm. Com Terence Stamp e Silvana Mangano. Filme bonito, mas não sabia se havia entendido todas as referências religiosas e políticas. Qual é a obsessão dos diretores italianos com a burguesia? Gostei muito da cena na qual Silvana Mangano caminha pela rua — acho que depois de ter feito sexo com um estranho — e a personagem está separada do céu por uma trilha de arame farpado.

Havia muito mais o que escrever sobre o filme, mas Michel recomendou que eu fosse sucinta. Cinéfilos possuem uma boa memória visual, eu não precisaria registrar todas as minhas impressões. Além do mais, é sempre bom esquecer certos detalhes, pois rever um grande filme sempre nos faz notar coisas que não percebemos na primeira vez. Olhei aquela anotação sobre *Teorema*. Tinha sido minha primeira. Mas nela eu não havia respondido à pergunta que reaparecia em minha mente, recitada pela voz de Orson Welles, quando eu olhava para um prédio de arquitetura diferente, quando eu visitava uma igreja, quando eu ouvia uma música, quando eu lia um poema, quando eu assistia a um filme. Pensei e pensei em *Teorema* e lancei à caderneta: "Arte, sim".

A estrutura rígida micheliana logo foi se desintegrando e cedendo espaço para a curta fórmula wellesiana. Fui ao Louvre pela primeira vez ("é ofensivo pensar que você vai voltar aos Estados Unidos sem ter ido ao Louvre", disse Antoine), gastei umas três horas percorrendo aqueles corredores que pareciam ter mais história que o meu país, observei alguns orientais se estapeando para fotografar a Mona Lisa e registrei na caderneta: "Louvre. Arte. Mas que saco". Subi ao apartamento de Antoine — acho que pela quarta vez — e foi a melhor de todas. Anotei a data em minha caderneta, coloquei uma estrelinha do lado e senti a necessidade de acrescentar: "Arte, talvez, mas provavelmente não". Conheci uma amiga esquisita de Antoine que, por sua vez, conhecia um rico excêntrico que mantinha um pequeno cinema doméstico no sótão de casa, com um projetor barulhento e rolos e mais rolos de filmes. Uma sala inteira só com rolos de filmes. "Eu sou a história do cinema", ele disse. A garota que nos apresentou sorriu sem jeito. A *noite dos mortos-vivos*, de George A. Romero. Arte. A *aventura*, de Antonioni. Dormi — e nunca durmo em filmes. Não arte. *Como era verde o meu vale*. Eca. Não arte. A Catedral de Notre-Dame. A Sacré-Coeur. Arte, apesar das lojas de souvenirs ao lado poluindo qualquer experiência legítima. Porém, não posso esquecer que também sou uma turista aqui, também sou parte do problema, é por minha causa que existem as lojas de souvenir. Mas isso não anotei, anotei apenas "Arte". Depois achei ridículo ter feito qualquer consideração sobre as duas catedrais e risquei a linha. *The Hurting*, do Tears for Fears. Arte. Pequena casa azul que encontrei no Quatrième Arrondissement, próxima ao Sena. Arte. O *quarto verde*. Não arte. E chato, muito chato. *Cléo das 5 às 7*. Arte.

Morria de medo de que Antoine ou, pior, Michel pegassem minha caderneta e olhassem minhas anotações. Não faria o menor sentido para eles, e sinto que me perguntariam: por que você escreveu isso? Por que isso não é arte e por que isso é? O que é arte? Você leu Aristóteles e toda a filosofia ocidental e agora tem um conceito definido de arte que pode sair aplicando por aí? Quem é você para definir o que é ou não arte? Eu responderia que a culpa era toda deles e cada um que cuide de sua caderneta. Mas, por trás da resposta descarada, claro que desejaria apenas desaparecer rumo ao fundo da terra. Eu tinha lido intelectuais elaborando teorias sobre o que era ou não arte? Não. Muito tempo atrás, pegara um livro de Kant da biblioteca do meu pai, e ele falava coisas interessantes sobre o que era o sublime. Pensei que devia ser algo nesta linha, uma perturbação que vem de dentro, algo que ocorria internamente. E Welles me ensinou a relativizar o conceito dos especialistas. Na minha caderneta, a especialista era uma só.

Decidi vencer o preconceito e visitei a Torre Eiffel. Há muitas maneiras de chegar lá, atravessando o Sena, caminhando pelo Quai Branly, seguindo a ponta da torre pela Rue de l'Université. Por ironia, abordei-a a partir de um ponto de vista que ressuscitou uma imagem esquecida em algum canto da minha mente, uma fotografia em um livro de história, na qual Hitler posava, na Paris ocupada, em frente à Torre Eiffel, acompanhado de um arquiteto e — se a lembrança não me falha — de um artista. A foto me marcou bastante, pois foi a primeira vez que vi o ditador fora do contexto "fazendo discurso para as massas". Parecia uma pessoa normal, posando para a foto, ainda que sem sorrir. Lembro-me de que meu professor contou que os elevadores foram sabotados antes da ocupação e Hitler, que passou apenas um dia na cidade, nunca chegou a subir ao alto da Torre, com preguiça de enfrentar tantos degraus. Aproximando-me da Torre, reconheci com clareza o ângulo de onde foi tirada a foto, um ângulo privilegiado, que captava as árvores ao redor e o caminho que passava sob a ponte. O ângulo continuava ótimo, pois turistas faziam fila naquele ponto, revezando-se para tirar uma foto em frente ao monumento. Não fiz nenhuma anotação acerca dessa visita na caderneta.

Foram curtos e estranhos os meus últimos dias em Paris. Quando me dei conta, haviam terminado. Crescia em mim a impressão de que Paris não existia, era uma cidade de mentira construída para turistas, e que Antoine e Michel eram figurantes contratados pelo governo. Não existem parisienses, só amantes deslumbrados, árabes rejeitados pela população, garçons mal-humorados de brasseries e assim por diante. Paris não existe, pensei nos últimos dias. Paris é uma doença, pensei nos últimos dias, e está me contaminando. É preciso sair de Paris, pois o lugar, no fundo, é uma ficção, e se ficar mais tempo aqui acharei que essa ficção é um lugar possível, acharei que essa vidinha de cinema e vinho é possível.

Participei do sequestro do sr. Oswaldo, ainda que não tenha sido uma das sequestradoras, ainda que não tenha agarrado o sr. Oswaldo e o arremessado para dentro da Kombi. Mas quando o pedido de resgate foi negado pelos militares, fui até o local e matei o sr. Oswaldo. Comunistas não gostam de matar pessoas. Não gostam, de modo algum, de achar que merecem o epíteto que a mídia lhes deu de terroristas. Por isso fui chamada, para sujar minhas mãos de sangue, pois nenhum camarada gostaria de perder o sono relembrando um assassinato. Como sempre sofri de insônia, posso me dar a esse luxo. Oswaldo foi a primeira pessoa que matei, e devo dizer que não foi muito marcante, e não aconteceu como nos filmes de guerra, quando o soldado mata um homem pela primeira vez e entra em crise com toda a situação, com a estupidez da guerra, com o horror da humanidade, com a descoberta de que ele também é feito de trevas. Não, eu estava preocupada demais em acertar, em não errar nada, em fazer um serviço impecável, pelo qual seria elogiada, louvada, um trabalho tão bem-feito que as pessoas comentariam entre si, sim, ela é a mulher ideal, esse é o talento dela, é um talento natural, como se ela tivesse nascido para isso, ela mata como Villa-Lobos compõe, como Drummond escreve, como Niemeyer projeta. Um tiro na cabeça, um tiro limpo disparado a partir de uma distância educada, nada de arma colada. Não deixei o sr. Oswaldo chorar. Ele estava de rosto vendado e eu perguntei se ele queria que eu tirasse a venda, ele respondeu que não, em voz trêmula, e senti que logo começaria a chorar, e eu não queria lágrimas nem nada disso, então recitei "Mundo mundo vasto mundo", que, como eu disse, está longe de ser meu poema favorito, e apertei o gatilho, como disse, de uma distância educada, sem encostar o cano. Não foi uma morte à queima-roupa, havia uns longos cinquenta centímetros entre o revólver e o crânio do sr. Oswaldo, e os militares esconderam a morte de seu fiel servo, e esconderam todo o caso, e intensificaram por alguns meses a tal caça aos terroristas, mas ficou muito claro que o regime não duraria mais tanto tempo, eles perdiam força, pelo menos para nós a sensação era essa, ainda que os companheiros dissessem que a luta estava longe do fim, a estrada era longa e outros lugares-comuns. Eu nem me importava tanto com a luta, e sim com o fato de que precisava fazer um bom serviço, provavelmente tinha executado um excelente serviço e seria respeitada por isso.

Logo depois, o Brasil me pareceu um lugar chato demais, um lugar polarizado entre duas opiniões, nenhuma delas convincente, pois ambos os lados achavam que tinham a solução. Os militares diziam acreditar na ordem como forma de progresso econômico e moral, os contrários ao regime diziam acreditar na liberdade e na democracia e em escutar a voz do povo. Ambos pareciam — se diziam — empenhados em fazer do mundo um lugar melhor, ambos achavam ter encontrado um caminho, ambos acreditavam que sua solução era a correta. Talvez eu concordasse mais com um lado, mas não acreditava que o mundo poderia vir a ser um lugar melhor, seja lá quem estivesse no poder, pelo menos não tinha fé em nenhum sistema, ou pior, não sentia a vontade fervorosa de fazer do mundo um lugar melhor. Céus, eu não conseguia nem me sentir bem comigo mesma, que dirá batalhar por uma mudança completa nos rumos do país. Foi quando me acometeu uma vontade incontrolável de sair do Brasil, arranjar um passaporte falso e viajar pelo globo. Só que, para isso, eu precisava terminar o maldito colégio, e inventar desculpas para a minha mãe se tornava cada vez mais desgastante.

5.

O que fiz entre o meu primeiro assassinato e o convite para matar Orson Welles é um trecho menos memorável da minha história, que não necessita de tantos detalhes. Se fosse um filme, seria uma sequência de cenas breves, que servem para agilizar a narrativa. O pugilista treina, corre, sobe a escadaria imensa, dá socos em sacos de pancada, disputa com o treinador, e em cinco minutos está preparado. O cientista olha relatórios, confere o microscópio, faz contas na calculadora, desenha gráficos, e logo depois da montagem ele descobriu o antídoto para a doença letal que corria risco de se alastrar pelo mundo.

Assim que completei dezoito anos, me mudei para Los Angeles com a desculpa de que iria cursar literatura em uma universidade menor nas redondezas, e de fato me inscrevi no curso. Depois de algumas aulas, porém, notei que, se havia algo a se aprender sobre literatura, não seria naquele ambiente infecto, onde todos só queriam beber cerveja e trepar com todo mundo, uma massa de universitários babões deslumbrados demais com o fato de que estavam longe dos pais e podiam se comportar da pior maneira possível. Decidi me afastar de qualquer movimentação política, e pouco a pouco me tornei uma assassina que aceitava qualquer serviço, desde que o pagamento fosse bom, o alvo fosse, de preferência, uma pessoa desprezível, e houvesse algum desafio, como fazer parecer um acidente ou algo do tipo.

Nos primeiros anos de carreira, fui convidada para executar serviços mais violentos, fosse disparando a centenas de metros de distância com um rifle de precisão, fosse esquecendo qualquer distância entre mim e o alvo, chegando sorrateiramente por trás e rasgando o pescoço com uma faca. Lidava bem com o sangue e não tinha problemas em sujar as mãos. No entanto, o trabalho às vezes era tão fácil que se tornava entediante. A partir daí, decidi rejeitar ofertas de execuções violentas — até mesmo as bem pagas — e aceitar as que envolviam um longo planejamento, durante o qual observava a rotina do futuro assassinado por semanas, decorava a disposição dos móveis em seu apartamento ou o caminho que ele fazia rumo ao trabalho, tudo isso para garantir uma morte limpa, que não gerasse suspeitas e pudesse ser confundida com um acidente.

Não tenho dúvidas de que me contrataram para matar Orson Welles por causa de um assassinato, como posso dizer… um tanto cinematográfico que cometi.

Faça parecer um acidente — é o que quase todos pedem. Poucos querem que um assassinato pareça um assassinato, o que é uma pena, pois toda forma de arte merece o seu espaço específico, a pintura merece o museu, a música merece a sala de concerto, o filme merece a projeção no cinema escuro e assim por diante. Faça parecer um acidente.

A vítima era Karl, um homem obeso, hipertenso, com uma ponte de safena no coração, um sujeito de poucos fios loiros espetados na cabeça, que suava por todos os poros, que fumava com a intensidade com que outros respiram, que falava com o desespero de quem teme não ser ouvido até o final da frase. Ele frequentava um psicanalista — uma moda que surgiu nos últimos anos e que, espero, irá passar em breve —, um jovem rapaz judeu, de cabelo negro e encaracolado, a quem revelava seus desejos e medos mais profundos. O psicanalista, por sua vez, registrava todas as sessões em fitas cassete que armazenava num armário que ia do chão ao teto no consultório. Tratava-se de um consultório fácil de violar. Era protegido por uma porta grossa para não deixar o som da conversa vazar para a sala de espera, mas, apesar de espessa, ela apresentava uma fechadura que uma criança bem treinada seria capaz de abrir com um grampo de cabelo.

Ouvi mais ou menos vinte horas de fitas até descobrir o sonho mais recorrente do sr. Karl. Um austríaco que colaborou com o regime nacional-socialista em seu país, Karl emigrou para os Estados Unidos logo depois da Segunda Guerra. Nos anos 60, enfim familiarizado com o idioma inglês, assistiu a um programa de televisão que pensou ser mais uma comédia boba como as outras que passavam na TV. O nome do programa era *The Twilight Zone*, *Além da imaginação*, mas ele não sabia disso, pois começou a ver o episódio quando já havia passado a introdução, que anunciava, na voz de Rod Serling, que o episódio era uma obra de ficção especulativa, um mergulho ao fundo da imaginação.

Um homem — interpretado por um jovem William Shatner — acaba de se recuperar de um colapso nervoso e faz uma viagem de avião. Pela janelinha, enxerga um monstro assustador sobre a asa danificando a turbina. Apavorado, chama a aeromoça. Ela não vê coisa alguma. Nenhum outro passageiro vê. A mulher ao seu lado não vê. Mas basta o homem reabrir a janelinha para se deparar com o rosto do monstro colado no vidro. O pânico aumenta, ele decide tomar medidas radicais, mas é impedido.

O avião aterrissa, o homem é conduzido em uma camisa de força. Entretanto, conta o narrador, adotando um tom sinistro, quem poderia explicar os danos na asa do avião? Um episódio de uma série televisiva em preto e branco de ficção científica. Uma obra de ficção. Arte, eu diria. Esse pequeno triunfo da televisão americana transtornou completamente um homem adulto, a ponto de fazê-lo sonhar sempre que, ao abrir a janela do quarto, se deparava com um monstro. Não estamos falando de qualquer homem adulto, mas de um austríaco com sangue nas mãos, um austríaco que colaborou diretamente com o genocídio de judeus — e que, por violenta ironia do destino, se tornou paciente de um psicanalista judeu, a quem, é certo, nunca mencionou sua vida e trabalho durante a Segunda Guerra Mundial. O que levava esse homem, que não apenas testemunhara como atuara em uma das maiores atrocidades da história, a ficar tão apavorado com um episódio de uma série televisiva?

Não tenho nenhuma formação na área da psicanálise, e nunca fiquei sabendo o que o analista de Karl pensava (ele parecia ser do tipo que só abre a boca para pedir: "fale mais sobre isso"), mas desenvolvi a seguinte hipótese: nada assustava mais o ex-nazista do que um horror que é vivenciado sozinho. O passageiro no avião tentava compartilhar a visão apavorante, mas apenas ele enxergava o monstro. O austríaco não poderia contar a ninguém sobre o que viu e fez durante a Segunda Guerra — estava condenado a rememorar todos os dias as atrocidades que perpetrou. Não havia saída, não tinha como aquietar sua consciência. Idas ao psicanalista não o ajudariam em nada, pois nem mesmo com o sigilo médico-paciente, nem mesmo com um termo de confidencialidade, poderia revelar seus maiores segredos. Talvez nem sequer fosse capaz de enunciá-los em voz alta. E que segredos eram esses? Aqueles que quase ninguém conhecia, exceto pessoas como aquela que me contratou para assassiná-lo. Quem encomendou a sua morte, algum familiar de um judeu morto? Um sobrevivente? E qual teria sido a função de Karl? Seria ele um carrasco em Dachau? Um membro da SS? Ou algo mais discreto, como um mero funcionário instado a ajudar com meia dúzia de tiros de revólver à queima-roupa? Nunca saberei, e no fundo não faz diferença. O ano era 1984, e um filme baseado na série *Além da imaginação* havia estreado no ano anterior nos cinemas. O filme apresentava quatro histórias curtas, e uma delas era uma refilmagem em cores — e com efeitos especiais muito superiores — do episódio *Pesadelo a 20 000 pés de altura*. O monstro não parecia mais um urso de pelúcia com cara malvada — desta vez era um gremlin esverdeado do tamanho de um homem alto, com um poder de destruição muito maior. Karl foi ao cinema assistir a uma comédia romântica e, por acidente, viu partes do trailer da refilmagem. Partes, pois logo que reconheceu do que se tratava, tapou os olhos. Quando a comédia romântica começou, ele se levantou da poltrona e saiu do cinema tremendo, incapaz de pensar em qualquer coisa além do maldito episódio da série. O monstro na asa insistia em persegui-lo.

Quando fui contratada para assassinar Karl, o trailer passava com frequência na televisão. Apavorado com a possibilidade de, por acaso, ao mudar de canal, se deparar com o rosto do gremlin, Karl parou de assistir à televisão.

Faça parecer um acidente. Foi isso que me pediram. Apesar de ter morado poucos anos no Rio de Janeiro, desde criança minha mãe me levava para assistir ao desfile de Carnaval, em blocos de rua pequenos, onde todos os conhecidos apareciam fantasiados de maneiras inusitadas. A dentista que arrancara meu dente de leite com um puxão forte dançava uma marchinha vestida de diabinha sensual; o meu pediatra usava um avental manchado de falso sangue, como um açougueiro. Não havia quem não gostasse de Carnaval. Não era como se a vida de todos os cariocas girasse em torno disso, mas todos valorizavam a época do ano na qual podiam se comportar de uma maneira esquisita, vestir a fantasia que trajavam na imaginação do cotidiano e, caso interrogados sobre aquilo, culpar a festividade ou o álcool.

Então, desde cedo, aprendi a valorizar a fantasia, o garimpo nas lojas atrás de materiais adequados para construir a roupa carnavalesca, o tecido enrugado ou liso, a purpurina, o papel--alumínio. Visitei lojas em Los Angeles e nos arredores, buracos pequenos cheios de malha ou sucata, brechós cujo dono parecia um vampiro que há anos não vê a luz do sol, e fui comprando materiais, tinta verde, borracha maleável, fios de vassoura gastos. Em duas semanas montei uma fantasia perfeita.

Esperei uma noite tempestuosa. *On a dark and stormy night*, como manda o clichê. Karl, sozinho em seu apartamento. Um ruído lá fora e pronto: Karl está insone, Karl anda de um lado para o outro de seu apartamento, percorre a sala a passos pesados, enche um copo d'água, cogita servir uma dose de uísque, pensa em abrir um livro — mas qual? Chove lá fora, os relâmpagos trazem a iluminação esperada. As persianas se encontram fechadas, mas não por muito tempo, pois eu as arranco com ajuda de uma chave de fenda e um martelo. Karl vê as persianas desabarem ao chão e mentaliza que é o vento, só o vento, coisas que acontecem. A chuva não diminui, os relâmpagos continuam clareando a noite, o trovão nem sempre é audível. Aprendi tudo no Carnaval brasileiro, mas me sinto no Halloween americano. Outro relâmpago. Karl tem a impressão de ter visto um duende verde igual ao do episódio de *Além da imaginação*, mas ele sabe — como todo homem instruído — que monstros não existem. Outro relâmpago, um clarão no céu e o meu rosto, coberto com a máscara verde e enrugada da fantasia, colado ao vidro. Karl tenta soltar um grito, mas não consegue.

Engole o urro e deixa a mandíbula cair. Não acredita no que viu. Em vez de tapar os olhos ou sair do quarto, aproxima-se da janela sem persianas. Nesse momento, elevo minhas mãos e raspo as unhas — enormes, amareladas, artificiais — contra o vidro. Tenho a impressão de que o rosto de Karl muda de cor. O austríaco grandalhão põe a mão no peito. Não sinto a necessidade de emitir nenhum ruído, não vejo motivos para grunhir ou urrar. Os trovões fazem isso por mim. Do lado de fora, observo um homem de passado obscuro, um homem responsável pela morte cruel de sabe-se lá quantos inocentes, um homem que já se sentiu como um gato em relação a um rato, um homem que se achava no topo da cadeia alimentar, o leão do homo sapiens. Assisto a esse homem pôr a mão no peito e curvar os joelhos, cair no chão e desabar desastradamente, afundando o corpo contra o assoalho de madeira.

A perícia depois disse que foi ataque cardíaco. Faça parecer um acidente, foi o que me disseram. Que grande arte é o cinema.

Na mesma noite, fiz uma fogueira onde queimei a fantasia de monstro. Uma pena, eu me orgulhava daquela fantasia. A arte não deixa rastros, ninguém quer saber como um diretor criou esta ou aquela cena, querem apenas a magia do cinema.

Ninguém desconfiou de nada. O relatório oficial da polícia indicou ataque cardíaco e ficou por isso mesmo. Só quem encomendou o serviço sabe. O telefone tocou e era a voz. A voz, primeiro, parabenizou-me pelo trabalho bem realizado. De forma esplêndida, disse. Espero contar com você para muitos outros serviços, disse. Mas preciso saber uma coisa, disse. Como foi?, perguntou. Como você fez um trabalho tão maravilhoso?, perguntou. Ataque cardíaco!, exclamou. É algum tipo novo de veneno?, perguntou. Um que não deixa rastros?, perguntou. A princípio, fiquei um pouco reticente. Mas pensei depois que precisava de serviços bem remunerados como aquele. Que matassem ex-nazistas e outras pessoas de passado horrível e que me permitissem certa autonomia criativa, certa *licença poética*. Então, contei. Quando terminei o relato, escutei apenas silêncio. Alô?, disse. Caiu a ligação?, perguntei. E ouvi uma respiração ao fundo, seguida de um não. Impressionante. Impressionante mesmo, a voz disse. Eu sorri, embora ela não pudesse ver minha expressão de alegria. Pode ter certeza de que voltarei a entrar em contato, disse, e desligou o telefone.

Era uma voz. Diferente de outras vozes que me telefonavam encomendando serviços. E agora, pensando em retrospecto, talvez fosse a mesma voz que me pediu para matar Orson Welles.

6.

Orson Welles, que eu saiba, nunca matou ninguém. Orson Welles, que eu saiba, nunca cometeu nenhum grande crime. No máximo, algumas atuações ruins, estragadas pelos seus exageros teatrais. Claro, se formos um pouco mais puritanos, poderíamos condenar o sujeito por — os rumores estão por toda parte — ter levado para a cama uma dezena de atrizes, provavelmente quando ainda era casado (ele sempre esteve com alguém). E agora mesmo, o caso que Welles mantinha com Oja Kodar — atriz principal de *F for Fake* e responsável pelo argumento do filme — era de conhecimento geral. Ele passava um bom tempo na casa de Oja, ainda que, por lei, estivesse casado com outra mulher. Então, sim, podemos condenar Welles, o infiel, o mulherengo. Mas ele não executou judeus durante a Segunda Guerra, como Karl. Ele não auxiliou na tortura dos assim chamados subversivos no Brasil, como meu pai. Ele, ao contrário de mim, não tinha um currículo de sangue — exceto, talvez, do sangue falso que brotava em alguns de seus filmes. Então qual seria o motivo para assassiná-lo?

Na biblioteca, peguei alguns livros sobre Welles. Telefonei para Antoine para conversar mais sobre o assunto. Welles fez um punhado de inimigos em Hollywood. Foi bastante traído por executivos dos estúdios, mas também foi considerado um traidor de primeira classe. *Cidadão Kane*, por exemplo. Na lembrança dos cinéfilos, o filme foi escrito por Welles, mas os créditos são divididos com Herman J. Mankiewicz. A crítica Pauline Kael argumenta, no seu ensaio mais famoso, que Mankiewicz foi responsável por quase todo o roteiro. Welles deu o devido crédito ao amigo? Não. Falou que Mankiewicz criou o final surpresa, o Rosebud que o público admira, mas os críticos o consideram um recurso barato. Welles se tornou uma lenda, Mankiewicz continuou sendo apenas um roteirista mal pago e alcoólatra. Em 1985, Mankiewicz já estava debaixo da terra, mortinho e, desde 1953, esquecido. Mas e seus filhos? Será que não buscavam vingança, ainda mais depois do artigo de Pauline Kael ter se tornado um sucesso na década de 70 e deixado clara a "traição" de Welles? Talvez fosse isso: um dos filhos de Mankiewicz queria a cabeça do diretor famoso, para compensar o esquecimento público do pai, que escreveu tantos clássicos da era de ouro de Hollywood.

Ou talvez fosse uma ex-amante. Alguma mulher que nunca superou a rejeição de Welles. Alguma moça endinheirada que não soube lidar com o fato de que representou apenas entretenimento para o grande artista.

Mas as hipóteses pareciam falhas. Por que alguém desejaria a morte de Welles? Por que deveria matá-lo? Fazendo um balanço geral, um pouco como nas tirinhas em que alguém morre, chega ao paraíso e lá encontra um anjo com uma lista de pecados e virtudes, calculando boas e más ações, Orson Welles parecia uma pessoa melhor do que eu. Ele tinha, afinal, dirigido *Cidadão Kane* aos vinte e cinco anos, e eu também tinha vinte e cinco anos, mas não havia criado um filme que tivesse mudado a história do cinema. Mas, pensava, como forma de incentivo, talvez o assassinato de Welles fosse se tornar a minha obra máxima, o meu *Cidadão Kane*.

PARTE DOIS

1.

Estou velho, ele me disse, embora sua voz não aparentasse qualquer envelhecimento, pois continuava poderosa como uma tempestade pela qual se aguarda após semanas de seca. Estou velho, e não há como negar este fato, e me lembro disso logo ao acordar, quando penso em saltar às pressas da cama, começar o dia, tocar projetos, mas sinto que meu corpo não dá mais conta, que meu corpo ocupa um espaço imenso na cama, afunda o colchão, e que levantar não será uma tarefa fácil, movimentar-me será trabalhoso, e para coisas muito pequenas precisarei de ajuda. Pensei muito tempo em adaptar *Moby Dick*, sabia? Nos anos 50, dirigi uma adaptação teatral. Não era uma grande produção. Parte da peça foi filmada, mas ninguém se interessou pelo registro. Bom, não foi uma adaptação exatamente *simples*. Complicado de explicar. Atores em uma peça dentro da peça. Atores que teriam que representar *Rei Lear* forçados a atuar em *Moby Dick*. Hoje me questiono se não fiz errado. Por que não adaptar *Moby Dick* sem tantas reviravoltas? Uma adaptação dentro de uma adaptação é de dar um nó no cérebro. Mas vale a pena? O público realmente se empolga com isso? Estamos falando de baleias, estamos falando da luta do homem contra o monstro, contra as trevas. *Moby Dick* merecia uma produção direta, à altura. Para assuntos grandiosos, adaptações grandiosas. Qual era o problema? Será que eu temia o grandioso? Achava que não estaria apto? E por conta disso construía esse jogo de cena? O que eu queria ser, moderno? E, claro, havia o problema da grana. Pode-se dizer que a minha era uma solução criativa. Criativa, sim. O que não me impede de refletir se não deveria ter sido uma adaptação maior e mais corajosa. Atuei na versão para o cinema de John Huston, um homem que admiro. Foi um papel secundário, um monólogo do padre Mapple. Gravamos em um dia. "Para obedecer a Deus, precisamos desobedecer a nós mesmos", ou algo assim. Se é que dava para me escutar por baixo de tanta maquiagem. Mas eu tenho a minha versão de *Moby Dick*. Dentro da minha cabeça, rodando no projetor aqui dentro. Por que não a transformei em película? Não era uma época fácil. Hoje também não é uma época fácil. Faz muito tempo que não sei o que é uma época fácil. A sensação que tenho, a maior parte do tempo, é de que todos estão contra mim. Desde a época de *Moby Dick* sinto isso. Não querem o Orson caçando baleias. Fiz o papel de Ahab na peça, falei isso? Não? Pois, Ahab, o determinado Ahab. E há manhãs em que acordo e penso: eu deveria filmar *Moby Dick*. Não esta versão amalucada que realizei, mas *Moby Dick* desde o início, desde o bibliotecário, a reflexão científica sobre as baleias. Estou velho. Ahab é um papel para velhos, para velhos loucos e obcecados, mas é um papel físico, a obsessão exige muito do corpo do homem, não é fácil manter uma obsessão. Você já imaginou um Ahab gordo? Não parece possível. Então acordo, olho para baixo, vejo meu corpo e penso que Ahab não será mais possível. É um projeto que não terminei. Quer dizer, a peça foi exibida, mas nunca consegui vender o filme. E *Moby Dick* merecia uma adaptação completa. Completa, essa é a palavra. Quantas coisas incompletas fui deixando ao longo do caminho, nesses últimos anos, nessas últimas décadas! Eu me pergunto, Ana, se eu não deveria, nos anos que me restam, começar a finalizar projetos. Sabe? Um por um. *Dom Quixote*. *Moby Dick*. *Rei Lear*. *O outro lado do vento*. Você ouviu falar desse? Sim? Tem um quê de *Moby Dick*. Da minha peça. Cinema dentro do cinema. Eu também tenho projetos novos, é claro. Esse sobre magia e ilusionismo do qual já lhe falei. Mas não sei ao certo que caminho seguir. Eu não costumo ser sincero dessa forma com pessoas que conheço há pouco, mas uma das graças da velhice é isso, esse radicalismo. Talvez eu ainda tenha muitos anos de vida, talvez isso tudo seja um desvario. No final das contas, não há por que se preocupar com a posteridade. Não me preocupo com a posteridade, no fundo. Drama. Sempre gostei de drama, de emoção, embora me pergunte se não apliquei isso nos lugares errados da vida. Quem sabe eu ainda viva muito. Mas imagine se eu morresse hoje, um acidente de carro, um mal súbito. Meu último filme completado foi *F for Fake*. Quase ninguém viu esse filme. Eu acho que é o único filme realmente original que fiz desde *Kane*. Você assistiu, certo? Sim, você me contou o quanto gosta do filme. Mas é exceção. Você e os franceses. Nos Estados Unidos, aqui, por onde ando, alguém me encontra e a palavra que mais escuto é *Kane*. Ainda sou perseguido por um filme que fiz quando era garoto, quando tinha mais ou menos a sua idade. Não tem fim isso? Os críticos não conhecem meus outros filmes? Não procuram? O público não se interessa? Só porque não está em exibição no cinema mais próximo de seus apartamentos em Manhattan? Sabe de uma coisa? Nem acho *Kane* meu melhor filme. Parte do equívoco vem do fato de que me chamam de gênio desde que estava no berço. Não estou brincando. Desde a infância escuto essa palavra sendo repetida. E quando saiu *Kane*, os jornais passaram a usá-la. Virou consenso. Mas ninguém deveria depositar tanta expectativa em um homem. Imaginem se Einstein fosse chamado de gênio desde a época em que era um mau aluno na escola. E há *Os sonhadores*. Sim. Filmei umas cenas em casa. Ninguém se importa com Dinesen. Isso tudo que estou falando não é uma questão de posteridade, não estou preocupado com o meu "legado", ou algo do gênero. Mas há dias em que minha filha me liga e eu não tenho nada de bom para contar para ela. Ela me pergunta o que estou fazendo de interessante. Gostaria de responder que estou envolvido em um projeto incrível. Meus amigos gostam de me encher de expectativas quanto a isso. Jaglom viaja a Paris e entrega o roteiro de *Lear* para produtores franceses, os franceses que tanto me adoram, que me ofereceram a Legião de Honra. Mas não há nada de concreto no meu presente, nada para se orgulhar. Poderia contar à minha filha que farei a voz de um tal de Unicron em um desenho animado chamado *Transformers*. Unicron. Um robô do tamanho de um planeta. Devem ter me escolhido para o papel pois estou um pouco maior que Saturno. Consegue imaginar algo mais absurdo? Ela gargalharia. Ela diria que morre de orgulho de mim mesmo assim. Porém, prefiro não contar essas coisas. A posteridade não importa. Não me preocupo mais em mostrar ao mundo que ainda posso fazer um grande filme. A busca pelo sucesso pode corromper uma pessoa. Seja como for, seria bom realizar alguma coisa da qual eu possa me orgulhar e sobre a qual eu possa contar para as minhas filhas.

Mas isso tudo Welles me disse depois, quando já conversávamos normalmente, quando me convidava para almoços caríssimos no Ma Maison, em Melrose. Ele não tinha dinheiro para aquele tipo de restaurante, mas não conseguira deixar de frequentá-lo com a assiduidade de um cão fiel. Tinha setenta anos e provavelmente se acostumara ao luxo desde a época de *Kane*. Parar de comer lagosta revelaria ao mundo uma decadência, uma resignação que ele não estava disposto a exibir.

Nosso primeiro encontro foi acertado pelo estúdio. É óbvio que Welles não contrataria, por capricho, uma jovem que estava longe de ser uma especialista em cinema. Foi uma exigência do estúdio: só ajudaremos a financiar seu projeto se Ana for consultora e assistente do início ao fim. Welles não gravava fazia décadas um filme com apoio de um grande estúdio, e do nada aparecia uma proposta, um contrato afirmando que ele disporia de liberdade criativa completa, algo que não tinha desde os maravilhosos vinte e cinco anos. Havia uma série de exigências, claro, e uma delas era a minha presença, o que fez Welles suspeitar que eu fosse uma espécie de espiã, alguém que relataria tudo aos chefões do estúdio. Alguém que poderia em dado momento sabotar o seu projeto, roubar e destruir o filme, como fizeram com *Soberba*, cujos trechos cortados desapareceram para sempre, uma quantidade considerável de película que talvez tenha sido jogada numa lata de lixo. Mas não fui a única profissional (embora este termo deva ser usado entre aspas no meu caso) que o estúdio empurrou goela abaixo de Welles. Talvez para disfarçar a minha verdadeira função. Caso a morte não parecesse um acidente, caso plantasse sementes de dúvidas na polícia, iriam investigar "a única e misteriosa contratação que o estúdio exigiu". Então havia operadores de câmera, especialistas em som, assistentes de produção e outros escolhidos pelo estúdio, e eu suspeitei, desde o primeiro momento, que a função de pelo menos algum desses era, no fundo, me vigiar. E qual seria a relação entre o estúdio e aqueles que me contrataram? Seria possível que a voz sem corpo *mandasse* no estúdio — que essas figuras feitas de sombras comandassem Hollywood? No Brasil, todos se preocupavam com dedos-duros, os delatores disfarçados. O amigo de faculdade que poderia muito bem estar a serviço dos militares. Num momento de fraqueza, você contaria a ele o quanto abominava o governo, o quanto sonhava com um mundo mais livre e justo, e no dia seguinte seria arrastado para um interrogatório, culpa do seu suposto amigo. Um período de incerteza e falsidade, dizem, diriam e dirão. Mas, a partir da Anistia, e com a abertura política que inevitavelmente resultará na derrocada definitiva da ditadura militar, a figura do delator vai desaparecer. Com isso as pessoas pensarão que a era da democracia chegou, que haverá um período de luz, que será o fim do obscurantismo, a aniquilação das trevas e das figuras sombrias. Mas nos Estados Unidos, a república que goza há décadas de um regime visto como "o futuro", vozes sem corpo ditam por telefone quem vive ou quem morre, dominam o leviatã chamado indústria cinematográfica e decidem o que o povo americano — e o resto do mundo — assistirá nos cinemas.

Meu primeiro encontro com Orson Welles foi em um restaurante de frutos do mar em Los Angeles. Cheguei vinte minutos antes do horário marcado para o almoço e esperei em uma mesa mal localizada, próxima ao banheiro masculino. Enquanto eu dobrava e desdobrava o guardanapo de pano sobre a mesa, escutei um barulho de rodas, seguida de um "*Well, well!*" tão grave que parecia ter saído de um toca-discos rodando em rotação mais baixa. Orson Welles apareceu de cadeira de rodas, conduzido por uma moça de postura impecável e presença esguia, porém deslumbrante. Não havia dúvidas de que se tratava de Oja Kodar, a amante, que todos em Hollywood — e em Las Vegas — conheciam. Por que Welles não se divorciava? Teria cansado dos trâmites jurídicos depois de tantas esposas?

Notei um pequeno volume sobre o seu colo: um poodle de pelo escuro, que olhava assustado para tudo.

"Por que está sentada aqui, neste lugar tão... tão... fétido e escuro?", ele perguntou, olhando ao redor, dando a impressão de que estávamos em uma espelunca e não em um restaurante de frutos do mar que ocupava um dos melhores lugares no ranking dos críticos gastronômicos. Com dois estalos de dedo, convenceu o garçom que passava ali perto a nos reconduzir a uma mesa ampla e próxima à janela, com vista para um dia ensolarado e ventoso, uma brisa feroz que sacudia as imensas palmeiras próximas à praia.

Ele entregou o poodle para a mulher, sussurrando ao animal: "Fique bem, Kiki", e o garçom assumiu a condução da cadeira de rodas que o levaria ao novo espaço. No breve caminho entre uma mesa e outra, desculpou-se pelo meio de transporte, "não é sempre que preciso, apenas quando uma dor nas costas muito forte me ataca". Enfim nos sentamos. Um garoto passou por nós assobiando e percebi que Welles se retesou na cadeira. Perguntei o motivo. Ele explicou que, na época em que *O terceiro homem* foi lançado, a trilha sonora foi um sucesso tão grande que, sempre que viam Welles pela rua, começavam a assoviar e cantarolar a música-tema, uma melodia muito parecida com a que o garoto no restaurante acabava de assoviar. "Parecia não ter fim!", ele exclamou. "Em Roma, no interior da Suíça... Por onde eu andava, aquela música me perseguia, aquele filme me perseguia, aquele personagem me perseguia." Recordei o personagem, o homem inescrupuloso que todos achavam que estava morto, perguntei a Welles se não era bom, por outro lado, ser tão reconhecido pelo seu trabalho. "Sim, é ótimo! E irritante!", comentou exaltado, antes de embarcar em uma gargalhada pontuada por tosses violentas.

Um telefone toca e sei que não pode ser boa notícia. Atendo mesmo assim e escuto uma voz que não diz "hello", ou melhor, diz "hello", mas com um sotaque francês característico que transforma qualquer palavra inglesa em outra coisa alienígena.

"Sou eu, o Antoine", ele diz. Eu sei, penso, mas não digo.

"Estou em Los Angeles", ele acrescenta. "Num seminário sobre clubes de cinema. Coisa acadêmica. Fico uma semana na cidade. Ou talvez um pouco mais, ainda não comprei passagem de volta."

"Hmm", murmuro, sabendo o que viria a seguir.

"Pensei que seria ótimo se a gente pudesse se encontrar para um café ou alguam coisa do tipo."

Neste momento, eu deveria bolar uma desculpa criativa. Tenho muito trabalho, na verdade viajo amanhã, algo assim, mas não invento desculpa alguma e respondo que sim, talvez fosse uma boa encontrar para um café.

"Los Angeles não é tão boa quanto Paris em termos de café", comento.

"E que tal se trocássemos para cerveja?"

Então o programa diurno pula, em um par de frases, para um encontro noturno. Nada de bom pode sair disso, falei comigo mesma. E aceitei a cerveja, mesmo detestando a bebida. Nos encontramos em um bar de balcão de madeira e diversos nomes de marcas de cerveja, uísque e cigarros em neon azul espalhados pelas paredes, o tipo de kitsch que predomina em Los Angeles. O azul não se restringia ao neon; uma iluminação cinza-azulada parecia encharcar o local. Ele vestia um blazer branco de tecido fino que parecia absorver a luz. Sentamos frente a frente em uma mesa redonda que comportaria quatro, seis pessoas.

"Então..."

"Então..."

"Quanto tempo faz que você foi embora de Paris?"

"Dois meses e pouco."

"Ah. Parece mais."

A partir daí, falamos apenas de amenidades. Dos últimos filmes que ele viu no cinema. Dos últimos filmes a que eu assisti. Ele perguntou se eu havia escutado o disco novo do New Order, recém-lançado. Ele disse que achava que o New Order ainda se tornaria maior que o Joy Division e eu respondi que era impossível. Ele disse que isso era porque eu não sabia me divertir e perguntei como assim. Ele disse que New Order, assim que se libertasse do fardo de ser a banda composta pelos membros restantes do Joy Division — os membros sobreviventes, interrompi, e ele riu, como se fosse uma piada, e comentou que suicídio não era como o vírus Ebola, não é como se o resto estivesse correndo risco, e fiquei meio triste porque tive a sensação de que no fundo ele não entendeu o que eu quis dizer. Antoine continuou: quando eles se livrarem desse peso todo. Do fantasma de Ian Curtis. Aí eles vão ser a banda mais alegre do mundo, falou. Aí eles vão agitar shows enormes em estádios. Vão botar todo mundo para dançar, mais do que já fizeram com "Blue Monday". Mas eles precisam tirar esse fantasma que carregam das costas. Você escuta o primeiro disco do New Order e percebe que Bernard Sumner faz uma voz grossa, tentando imitar o barítono do Ian. Dizem que no primeiro show filmado do New Order, Sumner, no intervalo entre cada música, reclamava para si e para os membros da banda que faltava alma. Dá para imaginar um espectro rondando o palco, julgando cada nota tocada pela banda, enquanto a voz de Sumner tenta, em vão, reproduzir o assombro causado pelo fantasma.

"E se esse fantasma for a melhor coisa que já aconteceu a eles?", indaguei.

Ele sorriu. Eu não sabia explicar, nem para mim, por que estava tratando Antoine tão mal. Os dias que passamos "juntos" em Paris haviam sido, se não ótimos, ao menos divertidos. Por que essa rispidez toda? Ele tomou um gole de cerveja direto do gargalo. Eu o observei, banhado em azul, e me lembrei do telefonema. Telefone tocando é sempre má notícia. É sempre um fantasma do passado — um pai, um amante — que volta a assombrar.

"Por que não vamos embora daqui?", perguntei, mesmo sem saber por que fazia isso.

"Vamos aonde?", ele perguntou, mas sabia a resposta.

Fomos a pé até a minha casa (marquei naquele bar justamente pela proximidade, e não por algum fetiche sinistro por neon azul). O meu plano era simples: fechar a porta e beijá-lo, pressioná-lo contra a parede e abrir o zíper de seus jeans. Tinha tudo calculado, quase como se fosse um assassinato, e não sexo. Mas fracassei.

Bati a porta e me joguei em direção aos lábios dele. Ele me segurou pelos ombros e disse "calma". Olhei-o com incompreensão.

"Você vai embora, desaparece, não dá sinal de vida por dois meses, tirando uns telefonemas frios para matar dúvidas sobre cinema, e quando nos reencontramos, sai me agarrando assim, do nada."

Solto um suspiro que inevitavelmente dá a impressão de que estou bufando. Sei o que vem pela frente. Seria capaz de recitar todos os diálogos, de tão previsível.

"O que você quer que eu diga?", começo, pois preciso interpretar o meu papel. O problema é que ele está sóbrio. Acostumado com vinho no almoço e no jantar, não ficou nem um pouco abalado pela cerveja leve que predomina nos Estados Unidos. Eu devia ter esperado mais. Devia ter sugerido rodadas de uísque. Agora é tarde.

"Aqueles dias em Paris não significaram nada para você?", ele pergunta.

"Sim, foram bons e..."

"E só isso?"

"Foram muito legais. Você é um cara muito legal."

"Mas você não quer mais nada comigo."

"Quero sim, te joguei contra a parede e esperava que —"

"O.k., isso eu entendi, mas..."

E ele continuou. Senti vontade de bocejar. Como seria capaz de interromper aquele monólogo? Eu conheci Orson Welles, poderia dizer. Eu almocei com Orson Welles. Eu vou trabalhar com Orson Welles, o seu ídolo. Sabia? Mas eu não podia dizer nada daquilo. Eu tinha que sustentar a mentira de que estava lecionando português para estrangeiros. Que era uma professora de idiomas. Você é tão boa com idiomas, aprendeu francês em tão pouco tempo, ele diria. Isso seria melhor. Só Orson Welles interromperia o discurso do menino. Mas eu não podia usar essa carta.

"Escuta", falei. "Por que não podemos fazer sexo, como dois adultos, ter uma relação saudável?" Ele me olhou incrédulo. Homens sempre se apegam, até o mais blasé e durão. "Não dá para a gente apenas trepar?", perguntei em inglês, dando grande ênfase à palavra *fuck*. Os olhos de Antoine se arregalaram.

"Mas eu não entendo", ele insistiu. "Por que não podemos ter uma relação..." — senti que ele procurava uma alternativa para a palavra "séria". — "Hmmm... significativa?"

"Porque eu não tenho esse tipo de relação", respondi, com a voz um tanto elevada. Teria sido melhor mentir, dizer que tenho um namorado brasileiro chamado Carlos. Qualquer coisa.

Estávamos distantes um do outro agora. Nossa discussão fez os dois darem alguns passos para trás. Eu estava na sala, ele continuava no corredor de entrada, colado à porta. Ele se virou, girou a maçaneta, abriu a porta e foi embora.

Era uma noite escura, sem estrelas, a única iluminação vinha dos postes da rua, e senti que não iria conseguir dormir com facilidade, então fui até o CD player para escolher algo suave, porém notei que minha coleção de CDs só tinha canções com sintetizadores e distorção, e se eu quisesse algo sem alterações eletrônicas, sem voz humana ou robótica, algo com um piano e mais nada, teria de recorrer à minha velha coleção de vinil. Sim, será bom, pensei, tirando um disco preto do plástico que o protegia. Mas eu não iria dormir, não aquela noite.

Na videolocadora, me deparei com um filme que me chamou a atenção pelo nome. Crente de que era uma obra situada no Japão feudal, tirei da prateleira a fita *O samurai*, de Jean-Pierre Melville, a história de um sujeito estoico que mora em um minúsculo apartamento em Paris e ganha a vida como assassino por encomenda. A partir daí, desenvolvi uma curiosidade por todo e qualquer filme cujo protagonista é um matador de aluguel. A maioria esmagadora apresenta um personagem masculino; quando é feminino, trata-se de um papel coadjuvante, e a mulher não passa de uma variante da *femme fatale*. Mas o mais curioso é que quase todos os filmes retratam o assassino à moda de Melville, ou seja, um tipo frio e durão, que esconde sentimentos enterrados em uma profundidade inalcançável. Outsiders, pessoas que não funcionam em sociedade. Assisti a filmes de assassinos de forma compulsiva, mas não me identifiquei com nenhum.

Desde que Antoine bateu a porta, fui tomada por um sentimento de culpa. Ser sincera com ele não era uma opção válida, nem sequer cogitável, mas deveria existir maneiras melhores de lidar com esse tipo de situação. Até mesmo se eu o amasse — sabe-se lá o que isso significa —, se eu quisesse, céus, casar com ele, não daria certo, seria arriscado. Nisso, os filmes estão certos: como poderíamos manter relações sérias com alguém? E se o nosso trabalho fosse descoberto e alguém decidisse se vingar? A primeira coisa que fariam seria sequestrar o ente amado. Rejeitar qualquer relação com Antoine não fora egoísmo, mas altruísmo. Pelo menos foi o que fiquei repetindo a noite toda. Às quatro e meia da manhã pensei: é como a arte. Um artista de verdade tem uma única relação profunda na vida, e é com a sua obra. Todo o resto é supérfluo. Só conseguirei executar um trabalho perfeito com Welles se me dedicar completamente à minha arte.

Às nove da manhã, telefonei para o hotel de Antoine, que não estava, e pedi para deixar um recado. Falei que era para ele me telefonar e dei o meu número, como se ele não soubesse, mas tudo que eu queria dizer era "desculpa" e no momento em que encostei o telefone no gancho, me arrependi de ter deixado o recado e pensei que, caso ele respondesse à ligação, não saberia o que dizer, e talvez o melhor fosse desligar o fio de telefone da casa.

Se más notícias chegam por telefone, o que dizer do sistema de correio e das inesperadas cartas que deslizam por baixo da porta? Um envelope branco, ordinário, chegou de repente, enviado de um lugar que parecia longínquo e surreal para mim, o Rio de Janeiro. Mais especificamente, a carta fora enviada de um hospital. E antes mesmo de eu ver o nome acima do endereço do hospital, sabia muito bem do que se tratava. Abri o envelope e li o "Olá" escrito com a letra infantil que minha irmã preservou todos esses anos.

Que eu saiba, esta era a segunda vez que ela tinha ido parar em um hospital, mas a carta relatava ser a terceira. Da primeira vez tinha sido com uma navalha. Minha mãe a encontrou mergulhada na banheira, a água vermelha transbordando, a garota desacordada, com os lábios já perdendo a cor. Foi por questão de minutos que sobreviveu. Sobreviveu para parar de novo no hospital, agora com pílulas, presumo, pois a carta menciona uma limpeza estomacal.

"Estou com saudades", ela dizia na carta, "e seria tão bom para mim se você me visitasse. Quanto tempo faz que você não vem ao Brasil? Mamãe também sente a sua falta. Sei que você está ocupada, ocupadíssima. Trabalhando com cinema, né? Nunca imaginei que você se interessasse a sério por isso. Sinto tanto a sua falta. Minha irmã que deu certo na vida, que foi morar nos Estados Unidos, que viajou para o exterior desde a época que tinha espinhas no nariz. Tão importante e ocupada que não tem mais tempo para visitar a irmã. Eu sinto a sua falta, não sei o que fazer por aqui. Parece que nunca vou sair desta casa, nunca vou deixar de morar com mamãe, nunca vou conhecer outras cidades. Mas a praia é incrível, sabe? Acho que você nunca deu o valor certo às coisas. Olhar a paisagem caminhando no calçadão. Só que a vida não é só caminhadas ao pôr do sol. O sol se põe e há noites muito difíceis. Quando a gente era criança, eu dormia tão bem e você não conseguia dormir nunca. E agora, você tem dormido bem? Porque você me passou o seu vírus. Não consigo dormir, fico pensando coisas, fico me lembrando de coisas que não sei se aconteceram de fato ou se é minha imaginação. Agora que você está com um trabalho legal, morando nos grandes Estados Unidos, viajando pela Europa (por sinal, obrigada pelo cartão-postal de Paris! Eu preferia uma visita sua, mas obrigada!), agora que você está com a vida resolvida, sem nenhuma preocupação... você tem conseguido dormir? Falando sério! Acho que você me transferiu essa doença maldita. Conte mais de você. Quero que você me visite, porém acho que vou receber uma desculpa esfarrapada. Então você precisa me contar de você. Conte tudo! Namorado? Algum namorado? Aposto que sim.

Você é minha irmã linda. A irmã da pele macia e incrível. Aposto que cada parte do seu corpo é macia. Aposto que os americanos são loucos por você. Brasileira, ui! Essa pele mais escurinha deve fazer sucesso aí. Seria incrível se você casasse e tivesse filhos. Eu poderia ser a madrinha, não poderia? Daí não vou contar por aí que fiquei para tia, não, sou madrinha, madrinha de uma menina linda, linda como você, pois terá o seu sangue, e aposto que seu namorado gringo também é um galã, um Harrison Ford da vida. Tenho certeza. Minha mão dói, me sinto fraca, queria falar mais, mas na verdade não tenho o que dizer, você é que deve estar cheia de histórias para contar. Por favor, me escreve. Parece que vão me manter aqui. Como sou visita recorrente, vão me transferir para uma ala especial para dodóis da cabeça, gente que fala sozinha, essas coisas. Ainda vou ficar mais um tempo, então acho que dá tempo de você escrever uma carta e ela chegar. Escreve duas iguais, manda uma para a casa da mamãe e a outra para o hospital. É pedir demais? Por favor. E conta tudo, viu? Aqui é um tédio só. E aposto que meus novos companheiros de quarto serão uns chatos, doidos falando sozinhos. Um saco. Do que adianta morar numa cidade conhecida pela paisagem maravilhosa se tudo que enxergo ao meu redor são essas paredes brancas?"

2.

Embora houvesse um contrato invisível segundo o qual Orson Welles deveria me integrar à equipe, isso não queria dizer que ele não me testaria para ver se eu era uma pessoa digna — ou apta — a trabalhar junto ao mestre. Esse era o verdadeiro motivo do nosso primeiro almoço. No início da refeição, ele falou sem parar sobre si mesmo, mencionando de vez em quando outras estrelas — muitas almoçavam naquele restaurante de frutos do mar, como Jack Lemmon —, mas nunca falando de Kiki, o poodle, cuja falta Welles parecia no fundo lamentar. Pensei que tal narcisismo oratório devia ser algo típico das grandes estrelas — em especial daquelas cujo ego tem o mesmo tamanho do talento —, mas depois concluí que era uma estratégia muito calculada: após falar tanto de si, o próximo assunto haveria de ser, inevitavelmente, a garota de vinte e cinco anos à sua frente.

Começou me questionando se eu havia feito faculdade. Respondi que tinha iniciado um curso, mas que desisti logo em seguida. Ele provocou: por quê? Porque senti que aquilo não me levaria a lugar algum, respondi. Ele sorriu e contou que sempre tentou alertar uma filha a esse respeito. As coisas importantes da vida — tudo que vale a pena — não são ensinadas por professor algum. "Universidade é uma perda de tempo", disse. "Mas minha filha insistiu." Fez um gesto de "o que se pode fazer quando uma garota quer tanto uma coisa?".

O assunto foi logo deslocado para o cinema. Há quanto tempo eu trabalhava com cinema? Como, sendo tão jovem, já estava envolvida com projetos importantes? A esta pergunta, respondi com outra questão: com que idade você dirigiu *Kane*? Ele riu e disse que eram outros tempos.

"Você é uma garota bem-vestida", comentou de súbito. Olhei para a minha própria roupa. Um vestido que eu havia comprado em Paris. Contei isso a ele. "Paris, é? Você não é uma dessas malucas por Godard, certo?" Tive um pressentimento de que o melhor a fazer era negar com a cabeça. "Nem Antonioni ou Bergman ou outro desses chatos..." Continuei sinalizando que não. Lembrei-me de *A noite*, de Antonioni, um filme do qual gostei muito, mas em seguida recordei da sessão de *A aventura*, e comentei: "Em Paris, tentei assistir *A aventura*. Você viu esse? Impossível de assistir. Dormi nos primeiros quarenta minutos". Welles gargalhou como forma de concordar. "Esse filme é insuportável", falou, elevando o tom da voz. "O problema de Antonioni é o seguinte, garota: as tomadas duram para sempre!" Retruquei com um sorriso de quem está muito segura do seu conhecimento de cinema: "Mas você também gosta de planos longos. O que é o início de *A marca da maldade*?". Ele fez um gesto com a mão que descartava aquele argumento como se eu estivesse afirmando que a Terra é quadrada. "Não, não, você não está entendendo. Os filmes do Antonioni duram para sempre porque as tomadas longas não registram nada. Um casal caminha pela rua. Ele encontra um enquadramento bonito e deixa a câmera parada. Você pensa: ele não vai filmar o casal caminhando a rua inteira, precisa cortar antes. A cena dura minutos! Parece durar horas! Não sei que graça ele vê nisso. As pessoas gostam, sobretudo os críticos. Ele fez da monotonia uma arte." Ao final, Welles está gargalhando intensamente com a própria piada, gargalhando apenas abrindo a boca, revelando um espaço pequeno entre os lábios de onde vaza essa torrente de risada. Eu entro no jogo e começo a rir também. Acho que a partir dali, ele me aceita como uma boa companhia.

Minto. Não foi com essa falsa camaradagem a partir do desprezo em comum pelos mesmos cineastas. Welles não passou a me aceitar *de verdade* nem quando falei que não usava drogas (ele me perguntou, como se desconfiasse da juventude, se eu usava cocaína ou maconha, e quando neguei, comentou o quanto a maconha era ridícula, uma droga fraca que usavam apenas porque era proibida, pois o efeito era leve demais, pior ainda, tratava-se de uma droga antissocial, e explicou o quanto era fastidioso conviver com pessoas que fumavam maconha, que tal convívio só era possível se todos estivessem fumando, mas não havia sentido em fumar, só deixava a pessoa com mau hálito), nem quando mencionei que gostava de cachorros (ou seja, ele poderia trazer a poodle Kiki para o almoço, embora o medo dele talvez fosse o de parecer um velho excêntrico para uma pessoa que não o conhece). Sinto que Welles só me aceitou *de verdade* quando percebeu que havia algo em mim que lembrava uma de suas filhas. Mas não sei dizer se era o cabelo, o olho, o olhar, as covinhas, o sorriso, nem a qual das filhas ele se referia. Uma coisa era certa: Welles, apesar de encarnar, nos filmes e na vida real, seres imponentes e dominadores, figuras de autoridade, personagens que alguns psicanalistas diriam simbolizar figura paterna, apesar de tudo isso, não lembrava em nada o meu pai.

Esse comentário ("Há alguma coisa em você que lembra a minha filha") não foi dito em nosso primeiro almoço, mas sim em conversas posteriores, pois passamos a nos encontrar toda semana, numa tentativa de bater o martelo sobre qual seria o projeto que ele realizaria, agora que um estúdio enfim lhe (re) abrira as portas. Essa reviravolta na sorte surgira de forma completamente inesperada. "Deve ter algo a ver com a repercussão europeia. Os europeus não perderam a fé em mim. Não são como os americanos, que só querem saber de *Kane*. Nem é meu melhor filme, sabia?"

Welles reiterou diversas vezes a importância que tinha, na terra que o maltratou, esse *comeback*, palavra que não possui um equivalente adequado na língua portuguesa. "Tantos projetos inacabados!", comentava. E recitava uma lista que eu já sabia de cor, embora sempre em ordem diferente, às vezes começando com *O outro lado do vento*, às vezes com *Os sonhadores*, adaptação de um conto gótico da escritora dinamarquesa Isak Dinesen, às vezes com o seu roteiro inacabado sobre passes de mágica ("Conheço muitos truques. Todo mundo pensa que o início de *F for Fake* é só uma metáfora sobre o poder do cinema, sobre ficção e realidade. Mas não é só isso. Sou um mágico experiente, sabia?" "Daqueles que fazem coisas desaparecerem?", pergunto. "Isso e muito mais", ele responde). Ele fala de *Dom Quixote* e de *Moby Dick*. Fala de quando foi convidado a dirigir *O processo*, de como gostaria de ter filmado um de seus mil roteiros entulhados na gaveta, mas foi obrigado a adaptar material de outro; neste caso, nada melhor do que Kafka. E relembra a história de como o estúdio arruinou *Soberba*, e recorda uma anedota bizarra do dia em que se deu conta de que o filme *É tudo verdade* nunca seria finalizado, o dia em que um xamã cravou um alfinete no roteiro com um fiapo vermelho na ponta.

"*Os sonhadores*", ele repete o nome mencionado há algumas

dezenas de frases. "Você leu o conto?", ele pergunta. Respondo com uma sacudida horizontal da cabeça. "Leia e me diga o que você acha", ele pede.

Sigo as suas ordens e no dia seguinte vou a uma livraria especializada em livros usados e encontro o volume de narrativas góticas que inclui o conto em questão. Começo a ler esperando algo radical e me deparo com uma linguagem comportada, residual dos realistas do século XIX. No enredo, três homens conversam em um barco. Um deles é especialista em contar histórias impressionantes, mas seu poder minguou, ou melhor, ele perdeu a fé na ficção. Como Welles!, penso, mas o foco logo é desviado para outro personagem, que decide contar uma história para os outros camaradas no barco. A trama inicial é interrompida por um flashback. Como *Kane*!, penso. O homem conta de sua paixão por uma cortesã romana que desaparece sem deixar vestígios. Ele a persegue por todos os cantos. Acaba encontrando dois conhecidos, o Piloto e o Barão. Os dois interrompem a narrativa principal para contar as suas histórias (que confusão, penso, como *Mr. Arkadin*!). Cada um também sofreu de uma paixão intensa por uma linda mulher que os abandonou. Fica óbvio para o leitor que se trata da mesma mulher, a figura de uma musa capaz de enlouquecer o mais racional dos homens.

Em uma daquelas coincidências que só são possíveis em contos fantásticos, a tão maravilhosa mulher entra no local onde estão os três homens e foge depois da aparição de um velho judeu, um homem sinistro que tinha surgido de forma misteriosa antes e fora descrito pela beldade enigmática como "a sua sombra". O narrador principal a persegue por montanhas gélidas e a dama acaba se suicidando quando confrontada com a verdade. O velho judeu se junta aos três homens perplexos e, em um monólogo, esclarece toda a história.

A bela mulher era uma cantora de ópera que perdera a voz

durante um incêndio e, desde então, decidira, em parceria com o velho judeu, forjar sua própria morte. Ela continuou viva, assumindo diferentes personalidades, como a da cortesã romana que seduziu o narrador e as mulheres que conquistaram os outros dois. Esse é o segredo de uma vida leve.

Uma existência de errância, alternando entre personas diferentes, nunca se fixando em lugar algum.

Terminei a leitura do conto sem entender ao certo por que a história fascinava tanto Welles. Havia pontos em comum com sua obra, claro, como o uso de flashbacks, uma trama situada em diversos países europeus etc. Mas, por outro lado, como aquilo seria mais importante que *O outro lado do vento*, no qual ele criticaria o cruel sistema de estúdios, parodiaria o cinema de arte em voga e retrataria um cineasta que luta por um retorno triunfal?

E, no entanto, essa era a história que não saía de sua cabeça, o projeto que ele acreditava que, se recebesse financiamento de um estúdio, poderia finalizar. Sua crença em *Os sonhadores* era tão grande que chegou a filmar em sua casa mais de vinte minutos de cenas. A mulher enigmática e sedutora seria interpretada, é óbvio, pela sua amante, Oja Kodar. Musa para tantos homens no enredo, e a única verdadeira musa de Welles. Em todos os almoços que tive com o diretor, ele nunca mencionou nenhuma outra mulher além de Oja. "Como é inteligente!", disse uma vez. Nunca o tinha visto elogiar o nível intelectual de alguém antes. Oja era uma mulher à altura de Welles, e ele não suportava conviver com nenhuma mulher que não estivesse em seu nível — o que era difícil, considerando o tamanho incomensurável de seu ego.

Quanto a mim, mesmo com nosso convívio constante, Welles nunca verbalizou nada de positivo. Exceto que havia algo em mim que o fazia lembrar sua filha (mas qual delas?).

Fui convidada a visitar a sua casa hollywoodiana em julho. Sua intenção era me mostrar as cenas que tinha filmado no local, as tais imagens que poderiam arrecadar financiamento. Ele queria saber se eu diria "sim, esse é o caminho", para então começar o projeto desse novo filme. Eu não tinha o poder de voto (nem de veto), mas Welles me enxergava como uma infiltrada do estúdio, uma representante deles e, portanto, uma pessoa a se conquistar e ter como aliada, e deve ter pensado que era mais fácil seduzir uma garota da minha idade do que um dono de estúdio milionário e ranzinza.

Ele me conduziu a uma sala escura na qual cortinas vermelhas de veludo bloqueavam o violento sol californiano e uma lareira apagada jazia no centro da parede, para fins meramente decorativos. Não tinha visto Oja pela casa, mas sentia a sua presença e sabia que ela devia estar me vigiando de alguma forma. Ele buscou um rolo de filme e encaixou-o no projetor. A primeira cena era em preto e branco e apresentava o próprio Welles usando um chapéu estranho no papel de Marcus, o velho judeu que serve de sombra para a musa. O foco da cena está na voz de Welles, que não perde a oportunidade de realizar um monólogo. O estilo lembra *Chimes at Midnight* pelo despojamento. A cena parece ter por volta de dez minutos. O rolo acaba de forma repentina e Welles está postado ao lado do projetor, pronto para trocar de rolo. Antes de terminar a função, acende um charuto. O segundo segmento é em cores, para a minha surpresa. Kodar, que tinha aparecido rapidamente na parte em preto e branco, agora é a protagonista nesta cena filmada no jardim. O título *Os sonhadores* se justifica por qualquer quadro que possa ser extraído desse rolo. Há uma qualidade onírica em ver Oja, uma mulher que parece oriunda de outro planeta, vagando pelo jardim — que reconheci como o jardim da casa onde eu estava, observável de qualquer janela. Tem-se a impressão de que Oja não caminha pelo jardim, e sim flutua. A musa de Welles filmada pelas suas lentes de fato adquire esse papel místico — e encarna, à perfeição, a figura enigmática da personagem do conto. Trata-se de uma cena delicada, pinçada diretamente dos sonhos de Welles.

Quando o rolo acabou, ele acendeu a luz e voltei à realidade. O ambiente estava esfumaçado por causa do charuto. Olhei para trás e vi o rosto do homem que capturou aqueles sonhos, e ele não parecia intimidante, mas um garoto rechonchudo e simpático.

"Você realmente filmou essas cenas em casa? Praticamente sozinho?"

Ele pigarreou. "Tive ajuda, claro. Graver foi fundamental. De resto, pouca gente. Não pude pagar muito a ninguém. Tudo de que um poeta precisa é uma caneta, tudo de que um pintor precisa é um pincel. Acho ridículo que um diretor precise de um exército para fazer um filme." Pigarreou outra vez e voltou a mordiscar o charuto. "O que você achou?"

"Eu achei que as cenas têm uma qualidade... onírica."

Ele riu. "Isso me lembra que, antigamente, quando eu planejava uma cena complicada e ia explicá-la ao diretor de fotografia, o operador de câmera, todos diziam que não daria certo, todos se mostravam tão negativos. Então eu dizia que aquilo era uma sequência de sonho e a equipe de repente ficava empolgada. Todos buscavam as soluções mais criativas."

"De tanto fingir que você ia dirigir cenas de sonho, começou a filmar cenas realistas como se fossem um sonho, então."

"Você leu o conto, como eu sugeri?"

"Sim."

"E você gostou das cenas que gravei?"

"Sim. Não consigo imaginar nenhuma outra mulher para o papel de Pellegrina."

"Eu também não", ele disse. "Nenhuma outra." E listou o elenco que imaginava no filme: Timothy Dalton, Jeanne Moreau, Oliver Reed, Peter Ustinov. "Então, o que você acha?", Welles perguntou.

"Não sou eu que decido nada."

"Eu sei."

"Acho que pode ser um grande filme."

"Maior que *Lear*?"

"Sim. Chega de Shakespeare."

Ele tragou o charuto que pendia da lateral de seu sorriso.

Almoçar toda semana com Welles se tornou uma fonte de prazer inesperada, e logo esqueci que nossas reuniões ocorriam por motivos profissionais — e não estou falando do filme que supostamente o auxiliaria a realizar.

Um telefonema fez questão de me lembrar de tudo. O telefone se pôs a tocar no meio da noite, uma noite de calor sem trégua, pontilhada de mosquitos, na qual eu me revirava, molhada de suor, sobre um lençol empapado. O ruído do telefone me fez saltar da cama, e cheguei a pensar que havia caído no sono e acordado naquele momento, mas não, tinha ficado desperta o tempo inteiro, a noite confunde certas noções, e um telefone soando na noite é matéria-prima de pesadelos.

Aproximei-me do aparelho com uma certeza. Ao ouvir a voz do outro lado da linha, a certeza se confirmou.

"Como está indo o trabalho?"

Suspirei. "Indo. Você deve ter seus espiões por aí relatando tudo, não?"

"Não sabia que você gostava de frutos do mar."

"Escute. O sujeito está com uns cento e sessenta quilos. Problemas nas costas. Ele fuma charuto todos os dias — o dia todo, na verdade. Aqueles tornozelos mal sustentam o peso dele."

Senti, pela respiração do outro lado da linha, que meu interlocutor ficava impaciente.

"Você não está pensando em desistir, está?"

"Não é isso. Não duvide do meu profissionalismo."

"Isso nunca entrou em jogo."

"O cara está velho. Deem bacon para ele. Bacon e ovos fritos. Façam ele correr no parque depois. Vai cair morto. Juro. O homem faz revisões semanais no médico. Esse é o nível. Fumou e bebeu a vida toda, está obeso. Uma hora o coração há de… Alô? Alô? Tem alguém na linha?"

Escutei a respiração do outro lado.

"Outubro", ele disse.

"Quê?"

"É tempo o bastante. Você estará completamente inteirada da rotina dele. Você saberá cada movimento, cada tique, cada fraqueza, e poderá elaborar a jogada certeira. Xeque-mate."

Acendi a luz da sala e vi a data no jornal jogado sobre a mesa: 10 de agosto de 1985.

"De fato, é bastante tempo. Nunca tive tanto tempo para planejar."

"Nem tanto dinheiro para despesas, imagino. Você recebeu o nosso voto de confiança. Não distribuímos votos de confiança assim. É um trabalho muito especial."

"E eu agradeço pela confiança. E será um trabalho perfeito. Eu só queria dizer que…"

"Dia 10. Certo? Outubro. Dez de outubro. Espero não precisar telefonar outra vez."

"Sim. Certo."

"E o rapaz francês. Bem, acho que não daria certo entre vocês mesmo."

Antes que eu pudesse perguntar como diabos ele sabia da visita-relâmpago de Antoine a meu apartamento, escutei o barulho do fone sendo posto no gancho.

3.

Na fase de pré-produção de *Os sonhadores*, passei a frequentar o estúdio, dirigindo meu carro por aquelas grandes avenidas que ligavam um galpão a outro e davam a impressão de que Hollywood não passava de um condomínio extremamente seleto. Comprei um par de óculos escuros *wayfarer*, parecidos com os de Tom Cruise em *Negócio arriscado*, e me senti enturmada quase de imediato, como se esse acessório me caracterizasse como uma mulher hollywoodiana ao mesmo tempo em que ocultava as expressões que os olhos poderiam trair...

Logo descobri que quase ninguém trabalhava *de fato* por ali. Tirando os roteiristas, sujeitos esquisitos que sempre pareciam deslocados, prestes a sofrer um derradeiro colapso nervoso e ser arrastados em uma camisa de força. Era fácil reconhecer um roteirista: a camisa ensopada de suor — especialmente na região das axilas —, os óculos fundo de garrafa, a calvície prematura, perceptível não apenas pelas entradas, mas também pelo fato de que o cabelo deles parecia *mais fino*. Roteiristas alimentavam-se quase apenas de café. Atores tomavam sol, sorriam, diretores olhavam para baixo, produtores ficavam enfurnados em salas, presos ao telefone. Eu tinha dificuldades de lembrar que Orson Welles era um roteirista e que Oja Kodar também. Em duas semanas de trabalho, a versão final do roteiro de *Os sonhadores* estava pronta. Duas semanas. O tempo que um roteirista da "era de ouro" de Hollywood demorava para bolar um roteiro original, como *Kane*.

Após um punhado de brigas, Welles aceitou filmar parte de *Os sonhadores* em estúdios fechados. Não obstante, rodaríamos algumas cenas externas na Europa, seguindo o seu devaneio de *homem do mundo*. Minto, não foi tão difícil convencê-lo: "Orson, você filmou cenas no quintal de sua casa e agora está reclamando que terá de dirigir um filme em um estúdio de primeira!" foi o argumento decisivo.

Welles parecia feliz. Ria, tossia rindo, acendia o charuto com uma expressão de quem considerava fumar um ritual mágico que nunca perderia a aura. Eu o conhecia fazia pouco tempo, mas era capaz de arriscar que havia muito ele não parecia tão feliz. Depois de tantas frustrações, devia ser revigorante ver algo enfim em movimento, o trem enferrujado desencalhando da estação, dando um belo passeio pelos trilhos e antecipando a vista, o verde das árvores, o marrom-claro da terra, o cinza chumbo dos trilhos. Que lástima seria se Welles morresse antes que pudesse completar seu último filme.

"Qual o próximo passo?", Welles me perguntou. Eu o acompanhava o dia todo. Nunca mais o vi de cadeira de rodas. Ele caminhava pelo estúdio como quem exibia suas proezas atléticas, um halterofilista mostrando o bíceps, um corredor que atinge a linha de chegada certo de que bateu o recorde, ainda que, olhando friamente, o corpo de Welles fosse um monumento, ainda que ele pesasse uma tonelada de decepções.

O ânimo de Welles deve ter me contagiado, pois voltei a frequentar festas, algo que não fazia desde Paris. Evitava festas em mansões para as quais produtores me convidavam, ao me ver caminhando pelos galpões do estúdio, na certa pensando que mulher nunca é demais em uma festa. Preferia, em vez disso, danceterias isoladas das zonas chiques da cidade, lugares de música alta e atual, ambientes com DJs que tinham em mãos sempre o último single do New Order, ou ainda lugares considerados "muito pouco Los Angeles", onde as roupas pretas predominavam, destoando dos collants e calças spandex coloridos, e onde ninguém jamais usaria faixa na testa igual à dos Menudos. Ali, preferia-se cobrir o corpo com acessórios metálicos e pontiagudos, e os DJs conheciam bandas mais obscuras, como Sisters of Mercy, ou nutriam uma obsessão pouco saudável por Siouxsie and the Banshees. O nome da boate era Night Drive, e o motivo desse nome, eu imaginava, era porque todas as músicas que lotavam a pista de dança soavam ideais para se escutar ao dirigir sozinha pela noite, afastando-se dos centros populosos, descobrindo os insones de Los Angeles. À noite, quando a atmosfera é ideal para contemplar as luzes brancas e ofuscantes dos túneis, quando a praia é apenas uma mancha preta que se move em ondas, quando as estrelas iluminam o céu, mas parecem prestes a ser apagadas pela força das luzes dos postes, das lâmpadas fluorescentes, do neon.

No Night Drive, a luz estroboscópica que piscava às vezes dava a impressão de que alguém fotogrbackva a cena com um flash potente, mas não passava disso, de uma impressão. Ninguém portava uma máquina fotográfica por lá, não haveria sentido em retratar aquilo, não faria sentido ver uma fotografia de uma das festas, o que acontecia ali durante a *witching hour* não pertencia ao mundo terreno e comportado. "*Witching hour*" foi uma expressão que aprendi naquele local, ao perguntar as horas para uma desconhecida com cabelos arrepiados, picotados e caóticos, que imitava o estilo de Siouxsie. "*What time is it?*", perguntei. "*We're almost at the end of the witching hour*", ela disse, antes de tentar me beijar.

Fiquei tão intrigada com a resposta que fui à biblioteca pública e consultei um bibliotecário. Primeiro, pedi livros sobre bruxaria, *witches*. Ele perguntou o que eu buscava, especificamente. Quando falei que gostaria de entender o que era a *witching hour*, ele gargalhou e explicou que era o período da noite em que as bruxas saíam de casa e percorriam a madrugada cavalgando suas vassouras. O momento em que qualquer coisa pode acontecer, ele não disse, mas pensei. O momento em que o sobrenatural se transforma em realidade palpável.

Foi durante uma *witching hour* no Night Drive que reencontrei Antoine.

Quase não o reconheci no primeiro momento, vi apenas um homem, ou a silhueta de um homem, aproximando-se de mim, uma sombra indistinta no meio da fumaça e dos flashes das luzes violeta, azul, branca. Na hora me virei no sentido contrário, pois qualquer homem californiano que se aproxime em uma boate — embora tal regra talvez valha para todo o Ocidente — tem segundas intenções; pessoas que não entendem que uma mulher pode sair sozinha apenas com o intuito de dançar, que está sozinha por prazer, não está lá somente para arranjar uma companhia de uma noite só. Então senti uma cutucada no ombro, me virei e dei de cara com ele. "O que você está fazendo aqui?", foi minha reação surpresa, e ele disse: "Se havia um lugar de Los Angeles que você frequentaria, tinha certeza de que seria este!". A resposta deu a impressão de que ele estava me perseguindo, mas logo em seguida Antoine explicou que tinha ganhado uma bolsa de estudos, pós-graduação em cinema, aula inaugural com William Friedkin ou algo assim.

Foi então que notei uma presença ao seu lado, um sujeito apagado em posição quase imóvel com um sorriso congelado no rosto. Antoine percebeu meu olhar e apressou-se em apresentar o rapaz. "Acho que vocês terão muito o que conversar", ele disse. "Ele também é brasileiro", falou.

"*Oh really?*", perguntei ao rapaz.

"Sim", ele respondeu em português, e no mesmo instante me dei conta de que fazia muito tempo que eu não escutava alguém falar na minha língua.

Antoine pediu bebidas para todos nós. Nos afastamos ainda mais da música alta e perguntei o que trazia o rapaz — Luiz era o seu nome — aos Estados Unidos. "O mesmo que todos os brasileiros, não?", foi sua resposta. Fiquei um tempo sem saber o que dizer. "Ué, vai dizer que você também não veio para cá para fugir?", acrescentou. O sorriso congelado que tinha percebido nele se mantinha, uma expressão minimalista, uma curvatura no lábio que parecia gravada no seu rosto com um metal em brasa.

"Na verdade...", comecei a dizer, mas senti que não tinha como continuar a conversa.

"O que você fazia lá?", ele questionou.

"Bom, na verdade me mudei bastante cedo para cá. Meu tio morava em Los Angeles e..."

"Ah, que sorte. Nem todos tiveram essa sorte."

Luiz era de Porto Alegre, cidade situada no extremo sul do país, o que talvez explicasse seu péssimo gosto para roupas. Estudava direito, tinha ingressado na universidade federal em 72, portanto era mais velho do que eu.

"Mas fichada pelo Dops tu foi, né?", perguntou, interrompendo a narrativa de sua trajetória pessoal.

"Eu... eu..."

"Ah, não vai me dizer que tu era da turma dos milicos, né?"

"Quê? Não, não, de jeito nenhum."

"Então…"

"Eu me mudei muito cedo para cá."

Antoine apenas nos observava com atenção, como se quisesse pescar algumas das palavras ditas naquela língua estrangeira.

Luiz sorriu, mas talvez não tenha de fato sorrido, talvez tenha apenas mantido o seu sorriso imóvel. "Que alegria. Abandonar o país numa hora dessas. Quem não gostaria disso?"

"O que você faz aqui?", perguntei, tentando mudar de assunto.

"Cinema com esse francesinho aqui", retrucou.

"E você está gostando dos Estados Unidos?"

"Moro aqui já faz três anos. É um lugar possível. Sobretudo quando não se tem uma casa para voltar."

"História trágica, é?", perguntei brincando, mas ciente de que a resposta não seria tão alegre.

"Todos nós, não?"

"Talvez."

"Esquece. Você teve uma experiência muito diferente da minha. Não vale a pena falar disso."

"Não agora, ao menos, né? Podíamos voltar para a pista. Sente a música!"

Essa palavra Antoine compreendeu. Música. *Musique*. O francês interveio: "Você sabia que o pai do Luiz era músico?", comentou.

"Ah, é? Músico?", perguntei.

"Isso. Era."

"Ah. Desistiu da música?"

Não sei dizer se Luiz alargou o sorriso ou se apenas manteve aquela curva nos lábios que me pareceu marcar seu rosto desde o primeiro instante.

"Não. Acho que fizeram ele desistir, sabe?"

Pela primeira vez em muito tempo pensei no meu pai. Meu

pai já estivera em Porto Alegre, "a trabalho", ele me contara. De fato, deve ter sido a trabalho, treinando pessoas. Talvez o pai de Luiz tenha sentido na pele o conhecimento que meu pai transmitiu a alguns militares gaúchos.

Alguma coisa subiu por meu corpo, um mal-estar repentino, como se eu tivesse bebido demais, embora não tivesse consumido mais álcool que o normal. Na verdade, aguentava muito mais drinques do que aquilo, era capaz de misturar uísque com vinho, cerveja com vodca, tudo isso sem problemas, sem passar vergonha, sem batizar o chão com vômito. Esse mal-estar, no entanto, foi escalando meus órgãos, subindo do estômago ao esôfago, do esôfago à minha boca. Pedi "licença" aos dois rapazes e corri ao banheiro que ficava no andar de baixo, próximo à pista de dança. Ao entrar no banheiro, me esquivei de duas garotas e adentrei o cubículo da latrina, me atirando de joelhos no chão, pronta para vomitar. Cuspi um líquido incolor na privada, que logo se dissolveu, e esperei mais, talvez uma torrente de vômito de um verde biliar, ou até mesmo vermelho, bordô como o vinho.

A cena deveria ser ridícula para todas as meninas no banheiro (notei que havia deixado a porta do cubículo aberta), mas era com certeza mais constrangedora para mim. Levantei-me forjando uma elegância que não tinha e passei alguns segundos ajeitando minha maquiagem no espelho.

Ao bater a porta do banheiro, comecei a pensar no Night Drive como um ambiente de pesadelo, um inferno que parecia não ter portas de saída. A luz intensa não parava de piscar e eu não sabia para qual lado me virar, que massa de pessoas enfrentar. De um lado, a pista de dança, de outro, a escadaria que me conduziria ao bar. Por toda parte, Siouxsie and the Banshees reverberando nas caixas. Desnorteada, comecei a caminhar entre os feixes verdes e roxos, até quase colidir contra o peito de Antoine.

"Vocês por aqui!", exclamei, como se não os tivesse visto até então.

"Tá tudo bem?", Luiz perguntou em português.

"Sim", retruquei, ríspida. "Vamos dançar", falei, embora não estivesse em condições para mexer meu corpo com intensidade. Comecei com os braços, esperando que o quadril e as pernas acompanhassem. O DJ pôs para tocar mais um sucesso importado da Inglaterra, "People are People", do Depeche Mode, uma canção que se converteu em uma espécie de hino gay, mas eu não conseguia pensar nisso, não conseguia sequer esvaziar a mente e dançar, pois borbulhava dentro de mim uma raiva, uma fúria que se manifestava nas minhas vísceras, deixando o meu estômago ardendo. Eu o encarava. Luiz, com seu sorriso congelado de quem sobreviveu à ditadura. Luiz, com o sorriso congelado de quem é superior, pois não abandonou o país quando o assunto ficou sério. Luiz, com o sorriso congelado do homem durão que viu o horror e o suportou de maneira heroica. Luiz não dançava. Antoine, o burguês europeu, seguia a massa e mexia o corpo no ritmo certo, adaptando-se ao que a sociedade esperava dele, *fitting in*, como pregava o lema dos yuppies. Luiz sorria. "*I can't understand what makes a man/ hate another man*" era a letra inocente do Depeche Mode, cantada por pessoas que diziam não compreender a existência de racismo, xenofobia, desprezo ou ódio, puro, simples e gratuito. Os góticos adotaram a banda de coração aberto. Para muitos ali, a obsessão pelo sombrio era uma questão de moda, uma desculpa para usar crucifixos metálicos invertidos e pentagramas cujo significado era por eles desconhecido. Era mais fácil, ainda mais para um americano, acreditar nos demônios metafísicos do que entender a morte e a violência chancelada pelo Estado. Luiz sorria e eu queria dançar, eu queria acreditar que meu corpo era capaz de acompanhar a batida. Antoine não sorria, mas dançava de forma desavergonhada.

Antoine acreditava na música, Luiz conheceu o Brasil da época que eu deveria ter conhecido, Luiz esteve do outro lado. Eu matei um milico, sentia vontade de gritar para ele. Apertei o gatilho no sr. Oswaldo. O que você fez? Eu matei um torturador, assassinei alguém que colaborou para a ruína do país em nome da ordem. E você? Estudou direito, protestou, encontrou-se com colegas em grupos de discussão, foi fichado pelo Dops. Parabéns. Mas eu não disse nada, tentei dançar, tentei acompanhar a batida, tentei acompanhar Antoine, enquanto Luiz sorria, ou eu achava que era um sorriso, mas talvez não passasse de uma expressão gravada em madeira, um rosto imutável, um busto de mármore.

Antoine notou que havia alguma coisa estranha em mim, e tentou descontrair o ambiente, dizendo que eu parecia mais irritada que um gremlin alimentado depois da meia-noite.

"Vamos sair daqui?", perguntei a ele, puxando-o pela gola do blazer.

"De novo isso?"

Eu me dei conta, então, de que desde o incidente em meu apartamento não conversava com Antoine. São engraçadas as artimanhas do cérebro, que nos fazem esquecer detalhes e até eventos relevantes. E, no entanto, talvez o cérebro tenha razão e seus truques sejam necessários. Talvez se preocupar com os assim chamados *relacionamentos* não seja importante, e o que um psicanalista chamaria de "negação" não passe de bom senso.

"Vamos ficar aqui mais um tempo", disse Antoine.

"Sim", respondi, olhando o relógio. "A *witching hour* está longe do fim", falei. Mas logo pensei que a noite acabaria, a boate se esvaziaria, as luzes principais seriam acesas, Luiz continuaria sorrindo o sorriso disforme do sobrevivente, Antoine continuaria sendo um francês e não uma solução, e eu continuaria sendo eu, só que durante o dia, período no qual poderia usar um par de óculos escuros *wayfarer* para me proteger do sol desgraçado que iluminaria toda essa porção da Terra, revelando o que há de pior em todos nós.

Visitei outra vez a casa de Welles, a convite de Oja Kodar, que agora conversava comigo normalmente. O pretexto era um chá da tarde, um programa lhano e urbano. Aproveitei para pedir um tour pela residência, que "me parece tão linda!", e comecei a traçar anotações mentais, a contabilizar o número de portas e janelas, as suas localizações, se havia grades ou persianas do lado de fora. O mais difícil não era fazer esse estudo mental em poucos minutos, mas conseguir prestar atenção a tantos detalhes enquanto balbuciava comentários anódinos sobre as cores da cortina, a ótima iluminação da sala, o tamanho do banheiro. E a casa era, de fato, linda, e provavelmente por causa de Oja, que se revelava uma mulher de bom gosto e inteligência. Minha atitude na situação era complexa: se, por um lado, de fato achava a casa incrível, "é a sua Xanadu?", brinquei, por outro, estava ali por motivos profissionais e reagia à casa com uma artificialidade que poderia ser vista como banal, ou seja, mesmo sendo sincera em meus comentários, eles não eram sinceros, entre outros motivos porque eu estava lá para acabar com essa história de amor — que muitos em Hollywood insinuariam tratar-se de uma história movida pelo interesse (Oja estaria com Welles pela fama e Welles estaria com ela pelo dinheiro, pela beleza e pela juventude), mas que eu acreditava ser um caso realmente amoroso, um raro encontro de mentes no qual um parece complementar o outro, e isso parecia ocorrer de forma mais honesta do que no casal John-Yoko, tão focado pela mídia até mesmo depois da morte de Lennon.

"E qual é o lugar favorito de Orson na casa?", perguntei.

Ela me apontou para uma varanda estreita, na parte traseira da mansão, cujo piso era uma grade de metal. "Não fazia parte do projeto original do arquiteto", Oja complementou, "mas ele exigiu um espaço para fumar seus charutos com uma boa vista. Assim que o sol se põe, lá vai o homem, solitário, olhar para o nada."

Contemplei, por um tempo, aquela varanda, acessível a partir do último andar da casa. Então descemos ao térreo. Oja desapareceu na cozinha com o pretexto de preparar um chá, e pela janela olhei para o alto, e vi que a varanda era uma estrutura frágil, com pequenas mãos francesas de ferro servindo de suporte. Devia ter apenas um metro de profundidade por quatro de comprimento. Um minúsculo retângulo intruso naquela mansão.

Fazer cálculos, pensei, cálculos da resistência do metal, de modo que um dos suportes fique com os parafusos mais frouxos, se rompa, mas apenas com uma pressão intensa, apenas se o piso tiver que suportar o peso de alguém com mais de cem quilos. O corpo desaba no vazio, caindo no jardim e rolando pelo morro íngreme que, tão sugestivo, começa sua descida logo abaixo da varanda. Um homem de setenta anos na condição dele não aguentaria.

Tão simples, tão óbvio, tão fácil de disfarçar, tão fácil de fazer "parecer que é um acidente". Um parafuso frouxo, uma pisada em falso.

Uma morte ridícula, pensei. Um homem grandioso, uma morte ridícula. Um talento genial, uma carreira tortuosa, uma vida que renderá inúmeras biografias, e um fim patético, um acidente doméstico.

Não posso fazer isso, pensei enquanto Oja me servia chá. Esse deveria ser o meu *Cidadão Kane*. Não posso apelar para um truque simplório. Claro, ter conseguido me infiltrar na residência de Welles tem, em si, seu valor. Mas não é uma morte bela, lhe falta elegância, é esteticamente pobre. *But is it art?* Nem arte, nem sequer bonito. Era terminar o trabalho de maneira porca.

O resultado será idêntico, contra-argumento comigo

mesma. No caso do sr. Karl, ele caiu morto no chão, e tudo o que a polícia descobriu é que teve um ataque cardíaco. Uma explicação fisiológica, o rompimento de uma artéria coronária. O fato de que me vali de suas confissões ao psicanalista e de que vesti uma fantasia de monstro só é relevante, no fundo, para mim. O empregador ficou contente, mas ficaria da mesma forma se a falência cardíaca fosse causada por um veneno raro. Oja me conduz até a saída, agradeço com um carinho sincero e abraço a futura viúva.

Do lado de fora, saco da bolsa uma fita métrica, dou a volta na casa e, agachada abaixo da janela, meço o espaço do muro que corresponde à varanda, aproveitando também para analisar melhor os parafusos que prendem os suportes à parede de tijolos.

Passo na biblioteca antes de ir para casa e retiro livros sobre resistência de materiais. Estou consciente, desde o primeiro instante em que tive a ideia, de que é uma solução estúpida, apressada, mas talvez seja a melhor. Tendo conhecido Welles, não sei se seria capaz de matá-lo de outra maneira. Lembrei-me, então, de algo de que não recordava havia meses, anos talvez. Da morte do meu pai, que escorregou no piso molhado do banheiro, caiu para trás e fraturou o crânio.

"Você gostou do Luiz?", Antoine me perguntou quando chegamos na minha casa, depois do fim da *witching hour*. Ele aceitou ir para o meu apartamento sem chilique algum, como se tivesse entendido que nada de duradouro sairia daquela relação, mas isso não o impediria de aproveitar a minha companhia nas noites de Los Angeles.

"Pareceu ser um cara legal. Ele é legal?"

"Sim, sim, sem dúvida. De vez em quando, acho ele meio estranho. Daí penso que deve ser porque ele é brasileiro."

"Você me acha estranha?"

"Um pouco. Só que de um jeito diferente."

"Sério?", perguntei, enlaçando seu pescoço e puxando-o em minha direção. "De que maneira?"

"Você parece uma pessoa bem resolvida, a cabeça fresca. Ele parece meio atormentado. Sabe?"

Para não gargalhar, aproximei ainda mais Antoine do meu rosto, sem o beijar, apenas aguardando o primeiro movimento dele, para dar a impressão de que ele estava no comando da situação.

Depois do sexo (demorado demais, talvez porque Antoine tinha exagerado na vodca), ele me contou que o irmão de Luiz tinha sido torturado. "Ele contou para você?", perguntou. Disse que não.

"Ah, é que vi que vocês conversaram um pouco em português."

"Ele não iria me contar algo tão íntimo assim nos primeiros minutos."

"Pensei que, por vocês dois serem brasileiros..."

"Não. Experiências muito diferentes."

"É?"

"É."

"Você não quer conversar sobre isso?"

"Não."

Ele passou a mão no meu rosto e puxou o lençol para nos cobrir. Um frio começava a ser sentido na madrugada, com nossos corpos suados tendo que lidar com o choque de temperatura que é o fim do sexo.

"Você está diferente", ele disse, me olhando nos olhos.

"Diferente como?"

"De quando eu te conheci."

"Isso é bom?"

"Não sei. Você está se sentindo bem?"

"Acho que sim. Claro. Por que não estaria?"

"Às vezes as pessoas não se sentem bem."

"Obrigada por me tratar como se eu fosse uma criança."

"Não foi isso que eu quis dizer."

Eu me levantei e pus um disco para tocar. Ele perguntou se eu não queria deitar e dormir, eu devia estar exausta e amanhã era dia de semana. Falei que não, não estava com sono, não conseguia dormir com facilidade, então coloquei um disco na vitrola, fui até o quarto, busquei um cobertor e me enrolei na poltrona.

"Está tudo bem?", ele perguntou.

"Claro, por que não estaria?"

"Nada. Quando foi que você saiu do Brasil?"

"Muito tempo atrás."

"Mentira."

"Sério."

"Você sente falta?"

"Não."

"E de sua família?"

"O que tem eles?"

"Você nunca me falou deles. Você tem irmãos?"

"Uma irmã."

"Mais velha?"

"Mais jovem."

"Você fala com ela?"

"Ela me escreve, de vez em quando."

"E você não responde?"

"Eu não disse isso."

"Bom, você sente falta dela? E de seus pais?"

"Quantas perguntas…"

"Eu só estou curioso. Eles não sofreram durante a ditadura?"

"Não foram torturados, se é isso que você quer saber."

"Não sei o que eu quero saber. Na verdade, não sei quase nada sobre o Brasil ou sobre o que anda acontecendo por lá. Só sei o que o Luiz me contou da cidade dele. Você nunca mencionou nada em Paris. Ele me contou que abriram um campus universitário afastado do centro da cidade e colocaram os cursos considerados 'perigosos' lá. Que as portas tem frestas para que se possa escutar conversas do corredor. Você sabia disso?"

"Não."

"Já acabou a ditadura, né?"

"Acho que sim."

"Acha que sim?"

"Acho que sim."

"Você é uma brasileira estranha."

"Ser brasileiro é um troço estranho."

Ficamos em silêncio por alguns segundos e me dei conta de que ele tinha adormecido. Fechou os olhos, abriu a boca e deixou escapar um sutil ronco, como se um pequeno motor tivesse ligado dentro dele. Nunca vou entender pessoas que conseguem dormir com facilidade. Está além de mim, por mais que me esforce. O que passa pela cabeça delas? Como podem ser assim? Terão a habilidade de esvaziar a mente? O que sonham? Será que sonham?

Cogitei, por alguns instantes, o tipo de coisa que nem se deveria revelar, mas o fato é que cogitei, por alguns instantes, substituir um dos degraus das escadas por outro idêntico, mas apodrecido. Qualquer pequena investigação descobriria isso. Mas ninguém investiga uma varanda mal instalada, nem quando o sujeito é Orson Welles. Seja como for, o plano seria ilógico, ainda mais quando eu poderia apenas afrouxar os longos parafusos que mantinham a estrutura estável. A varanda tinha um corrimão estreito, provavelmente de alumínio, difícil de agarrar, e seja como for, ele também não aguentaria o peso de Welles — que, como eu havia notado, costumava subir as escadas com o apoio de sua bengala de madeira, ou seja, estaria com uma mão ocupada no último andar da casa.

Seria um acidente doméstico, decidi. Ridícula, banal, antiteatral, anticinematográfica. Orson Welles nem dirá seu Rosebud. Sua última frase não será o enigma de sua existência, mas quem sabe algum comentário como "estou indo dormir" ou "você viu meu casaco?". Mas, claro, há sempre o risco de ele não morrer. Porém, em todos esses meses de planejamento, foi a única ideia mais ou menos sólida que tive. Ainda havia tempo. Três de setembro. Um mês até o prazo final. Se não desse certo, outras ideias me ocorreriam.

Alguns dias depois, fiquei à espreita no lado de fora da residência de Welles. Quando ninguém estava lá e a empregada tinha saído para fazer compras no mercado, me vesti como uma funcionária da empresa de energia elétrica, fui até os fundos da mansão, munida de uma escada longa, expansível, localizei os parafusos que prendiam a estrutura, afrouxei e decidi testá-la dando um puxão na peça, mesmo sabendo que, caso eu quebrasse a varanda, arruinaria todo o plano e geraria desconfiança.

E, no entanto, era setembro, ou seja, tinha folga no prazo e podia correr certos riscos. Tirei um dos parafusos e afrouxei os remanescentes. A varanda rangeu, mas pareceu lidar bem com minha força. Imagino que Oja não pesasse muito mais do que cinquenta quilos e não seria vítima de um acidente. Além disso, pela maneira como falou, o local parecia frequentado apenas por Welles. A empregada — também tratei de observar — era magricela como um cabo de vassoura.

Agora, me restava voltar, sorrateira, até a van que aluguei, guardar a escada no topo do veículo, trocar de roupa, voltar para casa, ligar a televisão no noticiário, pegar uma cerveja na geladeira e esperar alguma coisa acontecer.

Ao chegar em casa, abri a geladeira e notei que não tinha cerveja. Decidi ficar ali, ouvindo música, sóbria, esperando que algo acontecesse. Quinze minutos depois, mudei de ideia, pois não conseguia nem sequer ficar sentada. Caminhava a passos largos de um lado para o outro do apartamento. Notei que não suportaria a tensão e cometi a imprudência de ir ao mercado mais próximo comprar cerveja. Aproveitei e levei duas garrafas de uísque, pois não há nada mais triste do que uma casa seca. Voltei, liguei a televisão, nada parecia ter acontecido durante a minha ausência, abri uma cerveja e esperei. E esperei.

Três horas depois, o telefone toca.

"Espero que você não tenha tido nada a ver com isso, Ana."

"O quê?"

A voz desliga o telefone do outro lado. O pânico me sobe pelo corpo de tal forma que sinto um formigamento nas extremidades, como se minha mão direita, que segurava o telefone, tivesse sido decepada e o cérebro lutasse para assimilar essa informação, e fiquei ali, ouvindo o ruído de linha sem conseguir mover um milímetro.

Quando consegui me recuperar, cogitei a imprudência de telefonar para a casa de Welles, mas apenas fui até a cozinha, servi uma dose dupla de uísque e me atirei no sofá, bebendo aos goles, olhando para o telefone, para a televisão, esperando que algo acontecesse. O telefone enfim tocou outra vez e deixei cair o copo no chão. Ele colidiu com o tapete e não quebrou, apenas derramou o resto da bebida.

"Alô?"

"Ana?"

"Sim."

"Aqui é Oja."

"Ah, oi, o que foi que..."

"Estou ligando porque o encontro entre você e Orson amanhã terá de ser desmarcado."

"Ah, sim, por..."

"Ele sofreu um pequeno acidente."

"Não diga."

"Sério. A varanda quebrou. Ele conseguiu se agarrar por pouco em uma das frestas da grade. Gritou meu nome e eu fui correndo. Não sei como criei forças para tirar ele daquela situação. A sorte foi que só um lado cedeu. Difícil de explicar. Outra sorte foi que ele ainda não tinha tirado o charuto do bolso, tinha uma mão livre..."

"Mas... ele está bem?"

"Deslocou a perna direita."

"Poxa... sinto muito."

"Pois é, o peso dele tem trazido muitas complicações. Quem sabe agora, todo enfaixado, ele não se anima a entrar em um regime. Bom, é isso. Telefonei só para avisar."

"Diga que eu desejo melhoras."

"Pode deixar."

Desliguei o telefone e me senti aliviada, tão aliviada que corri ao banheiro para vomitar. Estava tonta do uísque e da cerveja que consumira sem trégua desde que afrouxara os parafusos, e me joguei na cama pensando em como tinha sido bom que ele só tivesse quebrado a perna, assim, ainda tinha chances de matá-lo, dessa vez de forma realmente criativa, fugindo dos planos simplórios e sem sentido (um acidente doméstico! Tantas variáveis que podiam dar errado!), e o alívio fez com que meus dedos formigassem outra vez, mas agora com a prazerosa sensação de que podia mexê-los, de que havia recuperado o movimento das mãos, e sentia o alívio por Welles estar vivo e podermos continuar conversando e almoçando, por Welles estar vivo e poder continuar sua vida feliz ao lado de Oja, por Welles estar vivo e prestes a realizar um grande filme, agora que recebera apoio do estúdio, e pensei então que, na verdade, no dia 10 de outubro isso teria de acabar, ou acabariam comigo, e pensei que talvez fosse bom que acabassem comigo e que Welles continuasse vivo e fazendo seu filme, a perda para o mundo seria muito menor, e pensei que — ainda bem! — assassinos não frequentam analistas, pois a primeira coisa que o sujeito diria era que eu sabia, desde o início, que o plano da varanda fracassaria, e por isso mesmo havia insistido nele. Ainda bem que não tenho ninguém com quem partilhar esses segredos, ninguém — além de mim — para me julgar e rir da previsibilidade de tudo, pensei. Bêbada e semidesmaiada no sofá, me senti como uma garota que acaba de descobrir que seus relacionamentos amorosos não dão certo porque ela se autossabota. Então notei que a barra do meu vestido estava respingada de vômito e gargalhei alto, uma risada que ecoou pela casa e abafou o som da televisão, a voz que anunciava a exibição do filme *A marca da maldade* depois do noticiário.

4.

"Você esteve em Lyon durante a sua viagem?", me perguntou Antoine quando o reencontrei no Night Drive.

"Não, por quê?"

"Ah, é legal visitar o Instituto Lumière."

"Fica em Lyon? Sério?"

"Sim, sim, os irmãos, Auguste e Louis, eram *lyonnais*. França, lá que nasceu o cinema, não aqui em Hollywood."

"Isso foi você imitando o Michel?"

"Sim."

"Ufa, quase tomei um susto achando que você também falava desse jeito."

Faltava cerca de uma semana até o prazo-limite para a morte de Orson Welles. O que eu tinha feito nesse meio-tempo? Visitado Welles, que convalescia, levando chocolates e outras coisas que eu não sabia se ele gostava. Falávamos pouco de cinema e mais da vida dele, das cidades que visitou, da saudade das filhas. Ele me contou sobre uma propaganda de champanhe que aceitou filmar (por causa da grana, é claro), mas que rodou completamente bêbado, a ponto de ser incapaz de articular suas falas. Além de visitar Welles, ficava em casa ouvindo música, alugando filmes de terror na videolocadora e saindo para dançar no local que havia se tornado uma segunda casa. O que não fiz no fim de setembro e naquele início de outubro: planejar a morte de Welles. Pensava em alguns métodos mais tradicionais, como envenenamento, ou um empurrão certeiro de um lugar alto, e logo os descartava. Ficando mais em casa, por uma coincidência bizarra, acabei assistindo a filmes antigos dos quais Welles participava e que passavam em canais impopulares durante as minhas madrugadas insones. Às vezes eu fazia outra coisa enquanto passava o filme, como lavar a louça, e a voz de Welles se tornava um ruído agradável que parecia embalar um grande berço onde eu descansava.

Faltava uma semana para o vencimento do prazo e eu começava a cultivar, quase por capricho, um plano inconsequente: e se no dia 10 de outubro (não antes, pois recebia ligações semanais d'A Voz e me sentia muito vigiada), depois de fracassar desleixadamente em minha missão — e não parecia haver outro resultado possível, a não ser que uma ideia milagrosa surgisse e se solidificasse com a velocidade e a violência de uma infecção urinária —, eu tomasse um ônibus para uma cidade pequena, depois outro para uma menor ainda, esperasse alguns dias em um motel à beira da estrada, viajasse para algum estado próximo, comprasse um passaporte falso, tomasse um avião para fora do país e deixasse para lá qualquer carreira no ramo da morte, e, enfim, desaparecesse? Orson Welles continuaria vivo, pelo menos até contratarem outro assassino. Provavelmente não realizaria *Os sonhadores*, e este se tornaria mais um filme problemático e inacabado em sua trajetória, pois os misteriosos produtores do estúdio cortariam a verba sem maiores explicações. Ele nunca saberia que eu fora contratada para matá-lo e nutriria, espero, uma boa lembrança de mim.

Era um plano absurdo, quase tão absurdo quanto o de sabotar uma varanda, mas se não podia brincar com essa ideia sem sentido aos vinte e cinco anos, quando o faria? Claro, tudo podia dar errado e eu poderia ser morta como queima de arquivo ou mera vingança. Mas não me importava com isso.

"Instituto Lumière, é?"

"Sim. Lyon é pertinho de Paris."

"Eu gostaria de ter visitado."

"Você se interessa pelos irmãos Lumière?"

"Nunca pensei muito neles, para falar a verdade."

Ele pediu uma bebida no balcão do bar e me pus a pensar nos tais Lumière, na emoção que deve ter sido criar um aparato tecnológico e difundi-lo pelo mundo, cientes de que a partir desse avanço científico um novo meio de expressão surgia. Imaginei o momento em que os irmãos se deram conta de que haviam descoberto a linguagem do século XX, de que o mundo seria retratado em imagens em movimento, de que as ficções usariam câmeras para contar os sonhos dos autores. E de que cinema, para os brilhantes inventores do cinematógrafo, era uma maneira criativa de captar e aprisionar a luz.

"Logo na entrada você pode assistir ao filme do trem chegando à estação. Sabe? O primeiro filme da história. Aquele que apavorou tanto o público."

"Orson Welles não precisou de imagem para causar pânico. Só voz, criatividade e um exemplar de A *guerra dos mundos*."

"Experiências muito diferentes."

"Eu sei, só queria cutucar."

"Você parece bem."

"Como assim?"

"Não sei. Leve, despreocupada."

"Eu acho que estou."

"Já é outubro. O ano passa rápido quando se está longe de casa. Fim do mês é Halloween aqui nesta terra. Vai ser meu primeiro Halloween. Você gosta da festa?"

No dia 31 de outubro, eu provavelmente estaria morta e nada importaria. Welles estaria vivo, e eu estaria morta, e nunca veria o filme que Welles realizaria. Se eu acreditasse em céu ou inferno, pensaria na chance de encontrar Welles debaixo da terra (como todo grande artista, imagino que o paraíso não seria uma opção válida para ele; Welles morreria de tédio entre os anjos).

"Sim, adoro Halloween. Você pode se fantasiar de Michael Myers."

"Só se eu puder perseguir você com uma faca."

"Sim, seria divertido."

Sem acreditar em céu ou inferno, só me restava acreditar que, com minha morte, o mundo acabaria. Orson Welles não existiria, nem seu filme novo, nem Antoine, nem a boate, nem a música. A música, por sinal, era "Isolation", do Joy Division, e me perguntei se Ian Curtis, antes de se enforcar no varal, tivera a revelação de que estava definindo o som do futuro; de que, assim como os Lumière criaram a mídia do século, e assim como Welles tinha inventado uma nova maneira de editar e estruturar um filme com *F for Fake*, ele estava prevendo a música dos anos 80, o ruído e o silêncio, a distorção da guitarra coexistindo com a artificialidade noturna do sintetizador, e de que sua voz — grave, em todos os sentidos — era uma mensageira que transportava um recado muito específico, uma mensagem de autodestruição, uma mensagem de morte. E então enforcou-se no varal onde pendurava as fraldas de sua filha pequena, provavelmente porque não seria um bom pai, sua função no mundo não era dar vida, mas filtrar e transmitir um impulso contrário. Porém, para Antoine, eu estava errada, Joy Division não tinha nada a ver com o som do futuro. Ele se identificava com o New Order, a banda formada pelos remanescentes do Joy Division, a banda interessada em deixar para trás o clima soturno e criar hits de pista. Bastava escutar com mais atenção algumas faixas do New Order, no entanto, para captar, preso em um acorde menor, o fantasma de Ian Curtis, um espectro que, apostava Antoine, a banda precisava expulsar, mas Antoine é inexperiente e ainda crê que os mortos um dia aceitam o seu túmulo. Ele ignora, portanto, que a chaminé do crematório espalhou por toda Manchester — por todo o Ocidente — uma fumaça nascida dos restos mortais de Ian Curtis, que ninguém se livraria dele, muito menos os companheiros de banda que tanto conviveram com o rapaz saturnino. Ninguém sabe o motivo que levou Ian a se matar, o que não impede qualquer pessoa de ter uma opinião a respeito. A epilepsia o enlouqueceu, alguns diziam. A depressão. A incapacidade de lidar com o sucesso. A incapacidade de lidar com a mulher e a filha. A incapacidade de lidar com o fato de que tinha uma amante que não conseguia abandonar. Uma soma de tudo isso. Nunca cheguei perto de conhecer Ian e só descobri sua música anos depois de sua morte, mas naquela noite cogitei, para mim e apenas para mim, a hipótese de que Ian percebeu o êxito crescente da banda e se deu conta de que havia feito uma grande descoberta, daquelas de gritar Eureka e saltar da banheira, correndo nu pelas ruas, só que Ian não faria isso, ele afundaria o corpo magro na banheira até a água ficar gelada. Ele tinha aberto um furo de alfinete no tecido da existência e olhado através dele, e pelo buraco enxergou o som do futuro, e enxergou o futuro, que é a morte. "*Someone take these dreams away/ that point me to another day*", ele pede, mas não será atendido, os sonhos continuarão apontando para um passado que não está mais lá, e não há retorno possível, o tempo caminha apenas em uma direção, rumo ao futuro, o futuro que ele profetizou, e o futuro, repito — mas repetições nunca são o bastante —, o futuro é a morte.

Antoine me convidou para jantar no apartamento de Luiz, uma ideia que a princípio não me agradou, pois a presença do brasileiro sempre me deixava desconfortável (e talvez houvesse algo de egoísmo nisso; era bom, às vezes, ser a única terceiro-mundista do lugar, a única que parecia ter uma experiência de vida diferente, e Luiz, ao meu lado, parecia mais *legítimo* do que eu). Aceitei, talvez por não ter nada para fazer, pois não podia continuar acompanhando a vida de Welles, com o diretor todo enfaixado, e não fazia mais esforço para fingir que eu arquitetava uma nova maneira de mandá-lo para debaixo da terra. Cheguei ao apartamento, que ficava numa região mais humana da cidade, em uma zona que tinha até uma quantidade considerável de pedestres. Carregava comigo um vinho branco mais morno do que o ideal, que entreguei logo na entrada ao dono da casa. Havia umas quinze pessoas na sala do apartamento, homens e mulheres que também pareciam ser imigrantes — nem todos legais. "*Hey, you guys, she's Brazilian too!*", exclamou Luiz, me apresentando aos outros, com um ânimo que não parecia natural a ele. Saudei os desconhecidos com um sorriso tímido, um aceno e um "*Hi*". Luiz disse que iria guardar o vinho na geladeira e eu respondi que o acompanharia, só para não ficar presa em uma sala repleta de estranhos. "Antoine não chegou ainda?", perguntei, nervosa. Ele guardou o vinho no congelador. "Por favor, me lembre de tirar do congelador antes que estoure. Antoine chegou faz tempo, ele está no quarto. Viciadinho…"

Não entendi o que ele quis dizer. Ele me tocou no braço e pediu que eu o seguisse. Chegamos ao quarto e vi o rosto de

Antoine iluminado pelo brilho de uma televisão colada ao seu rosto.

"Ah, oi, você chegou", ele disse, parecendo envergonhado, como se tivesse sido pego no meio de um ato obsceno. Ele estava com os dedos posicionados sobre um teclado bege com teclas pretas que lembrava uma máquina de escrever elétrica. O teclado, por sua vez, era conectado por um cabo a uma caixa onde um disco quadrado e fino estava encaixado.

"O que você está fazendo?", perguntei.

"Isso é um Commodore 64! Preciso de um desses para mim. Enquanto não tenho grana, uso o do Luiz."

"Desculpe, mas um o quê?"

"Commodore. Um computador", explicou Luiz em português. "Um amigo japonês — que está na sala — trabalha em uma revenda de computadores, e esse modelo estava danificado na lateral, coisa pequena, então ele me vendeu por um preço camarada. Nossa, como é bom falar português com alguém."

"Um computador?", questionei em inglês.

"Sim! Você acha que só grandes empresas têm computadores?"

"Não... sim... Eu vi propagandas em uma revista. Mas qual a vantagem de ter um troço desses em casa? Não é só para quem trabalha com contabilidade?"

Ele fez um sinal para que eu me aproximasse. Na tela, riscos brancos se moviam formando algo que eu não entendia.

"*Elite*", anunciou. "Um simulador de viagens no espaço." Fiquei olhando a tela coberta de preto, uns poucos pontos brancos, como um céu estrelado.

"Parece um daqueles jogos de fliperama."

Luiz interveio. "Sim. Lembra um pouco sabe qual, Antoine? *Night Driver*."

"Tem um jogo com o mesmo nome da..."

"Driver, não Drive. Um jogo de corrida de carros. A pista são só uns bloquinhos brancos que vêm na sua direção."

Olhei com mais atenção para a tela e enfim comecei a me orientar. Havia movimento. Aqueles riscos brancos criavam uma ilusão de tridimensionalidade, como se você navegasse entre as estrelas. Difícil era ignorar os bipes incômodos emitidos pela TV — ou monitor, nome oficial daquela TV de bordas estreitas.

"Estamos viajando pelo espaço", comentou Antoine, como uma criança entusiasmada, "não é incrível?"

Um sólido — que aprendi a reconhecer como um octaedro no colégio — piscava na tela. Ele girava, mostrando suas várias faces. Pelo contexto, deduzi que se tratava de um planeta. Na parte de baixo, um mapa do espaço sideral, a nave no centro, como um radar.

"Do jeito como essas coisas evoluem, daqui a pouco você vai conseguir ir para a Lua, tudo em cores, em som estéreo, sem sair de casa", acrescentou Luiz.

"Você parece um vendedor", retruquei.

"Eu acredito nisso", falou Antoine. "Isso é o futuro. Tenho quase certeza. Em breve, todos terão um computador em casa."

"Bom, enquanto o futuro não chega, tem um monte de gente na sala querendo encher a cara. Que tal sair um pouco do computador?"

Ele me olhou como se eu fosse uma mãe tirando o brinquedo favorito do filho. "Vamos", respondeu apressado. A tela do jogo se apagou e o monitor piscou um quadrado azulado preenchido apenas com texto.

Na sala, fui apresentada aos convidados. Era um festival de imigrantes — legais e ilegais —, um rapaz do México, uma garota da Hungria, uma menina morena que devia ter no máximo vinte anos e vinha do Chile. Quando cheguei, o tópico da discussão era, por acaso, ou talvez precipitado pela minha chegada, política brasileira. A chilena elogiava o movimento pelas "Diretas Já", as centenas de milhares de brasileiros que tomaram as ruas do país no ano anterior, e lamentava que o Chile ainda se mostrasse atrasado nesse sentido. Enquanto o Brasil parecia superar a ditadura, nem ela nem os pais dela (que haviam se mudado para os Estados Unidos com ela a tiracolo) sabiam quando o Chile se livraria de Pinochet. Os convidados, entre goles de cerveja, comparavam as estatísticas, tentando descobrir qual das ditaduras latino-americanas tinha sido mais violenta. Fiquei em silêncio, observando-os, torcendo para que ninguém me perguntasse nada sobre o Brasil, pois todos ali, até mesmo a garota húngara, pareciam saber mais da situação brasileira do que eu. E todos se mostravam otimistas, de modo quase eufórico. Nomes como Tancredo Neves, José Sarney e Paulo Maluf eram citados como se fossem amigos dos presentes. Quando pensei em me retirar para a cozinha em busca de bebida, Luiz relembrou a todo mundo: "A Ana aqui também é brasileira". Na mesma hora os olhares se voltaram para mim, expectantes. Lembrei-me do meu período em Cuba e sentenciei: "Estava mais do que na hora de expulsarmos de vez os milicos da política. O povo brasileiro precisa de liberdade". Não consigo me lembrar de nenhuma frase mais artificial que tenha pronunciado em toda a minha vida, ainda que concordasse que os militares eram uns merdas e que a liberdade social e política era um direito de todos. Por que não conseguia emitir com naturalidade esse tipo de frase, então? Ainda assim, as pessoas sorriram, a chilena bateu a garrafa de cerveja na do mexicano em um brinde, e a garota húngara, com voz embriagada, brincou que nada disso importava, pois o cometa Halley ia acabar com a Terra muito em breve. O assunto se desviou para o filme que passava na televisão e pude respirar aliviada, feliz de ter sobrevivido à provação.

Fui à cozinha buscar o vinho branco que tinha trazido e,

enquanto lutava com o saca-rolhas, me lembrei do meu pai, ele sentado no sofá após pendurar a bandeira do Brasil na janela. Qualquer convidado da festa cuspiria na cara do meu pai se soubesse de seus crimes. Ele empregou o seu talento e conhecimento para causar dor, fortalecendo assim o poder de uma minoria.

Se meu pai estivesse vivo, eu lhe perguntaria se ele pensava nisso, de vez em quando, se ele refletia sobre as suas ações ou se apenas tinha feito aquilo porque era bom, porque seus talentos eram perfeitos para aprimorar máquinas de tortura e não para descobrir maneiras de fazer as árvores resistirem à poluição. E então me lembrei do meu pai e da minha irmã. Ao beber o primeiro gole de um chardonnay que deveria ser doce e suave, senti uma acidez profunda, como se tivessem espremido limão no fundo do cálice de vinho.

O rosto do meu pai sentado na poltrona retornou com tanta força que fui capaz de ver até os detalhes do seu cenho franzido. Se eu me olhasse naquele momento no espelho, poderia reconhecer semelhanças entre nossas fisionomias? O quanto haveria do meu pai em mim? Se eu fosse homem, nossa similitude física seria reconhecível a qualquer um? O que me separava dele? As mortes que ele causou, em que diferem das minhas? É uma questão estética, pensei, engolindo com dificuldade o vinho sulfúrico. Eticamente, nós dois aceitamos matar por motivos supérfluos, sem pensar a fundo sobre o assunto. O que nos separa é que me preocupo com a beleza da morte, com a arte do assassinato. Mas e se meu pai também visse a questão pelo mesmo viés? Enterrado e esquecido, ele nunca poderia me responder. Naquele instante, tornou-se claro que a minha missão não deveria ser cometer o assassinato perfeito no caso Welles; em vez disso, deveria ter como objetivo máximo — como finalidade suprema — não me tornar igual ao meu pai, me afastar ao máximo dele, ainda que isso significasse abandonar tudo em que estava envolvida, sair de Los Angeles, esquecer esta vida.

Uma carta deslizou por baixo da porta, e a primeira coisa que pensei é que se tratava de mais uma missiva vinda de algum hospital, ou seja, mais um recado da minha irmã. Mas o nome do remetente estava escrito em caracteres que eu não reconheci, linhas quadradas com pequenos círculos. Seul, constava no selo. Coreia do Sul. Só podia ser meu tio.

"Olá, minha querida.

Outra carta escrita às pressas, pois me encontro de passagem por uma cidade grande equipada com um sistema de correio que de fato parece fazer algum esforço para remeter uma carta.

Não adianta muito se chamar José por aqui. Não entendem nada e preciso repetir meu nome umas cinco vezes. Não estou morando em Seul, ou seja, não tenho como pedir para que você responda, pois não faço ideia de onde estarei quando você sentar à mesa para redigir uma resposta. Espero que não em Seul: muitos carros, muito ruído. Aqui o Oriente está cada vez mais ocidental. Meu medo é que todas as cidades, daqui a uns cinquenta anos, se transformem em réplicas de Los Angeles. E pensar que eu adorava Los Angeles.

Continuo em paz. Escrevo para dizer isso. Você deve ter ficado chocada com a minha carta anterior. Logo de cara exclamei em letras garrafais ESTOU EM PAZ. Enchi o seu saco com uma conversa sobre meditação. Ignore isso, não estou mais tão *new age* assim. Continuo em paz, no entanto. Paz não tem nada a ver com budismo ou com qualquer outra religião. Conheci uma mulher incrível, dez anos mais velha que eu, uma viúva, em um pequeno retiro rural da Coreia. Ainda não aprendi a língua do país. Não que importe. Nossa comunicação não é verbal.

Brasil, para ela, é apenas um nome. José, para ela, é um nome impronunciável. Aqui não sou ninguém e os temperos das comidas têm gosto de novidade. São diferentes de qualquer coisa que já comi, e intensos como a mais furiosa das pimentas. Continuo em paz. Você está em paz? Sei que não tem como você me responder, porém resolvi perguntar mesmo assim. Desejo muita paz no seu caminho, que você a alcance, custe o que custar.

안녕, minha cara, e boa sorte!"

Fingi que nada acontecia e agi com naturalidade todos aqueles dias, seguindo o plano absurdo que apareceu insistentemente na minha cabeça e deixando para organizar minha mala somente no dia 10 de outubro, o prazo-limite. Joguei na cama a mala de couro que, apesar de vazia, já pesava bastante e comecei a escolher minhas roupas favoritas do armário. Fiquei olhando para a minha estante e para a prateleira com discos, pensando no que deveria transportar. Concluí que era melhor esquecer qualquer livro, comprar *paperbacks* baratos pelo caminho, ou talvez deixar de ler, descobrir novas maneiras de passar o tempo, maneiras mais saudáveis, como correr na praça toda manhã, ou um hobby que ocupasse menos espaço em casa do que a leitura, como o xadrez, e abandonar meus vinis, chegar à outra parte do mundo com a mente em branco, tábula rasa, pronta para gostar de músicas muito diferentes, comprar um aparelho de CD de alta fidelidade e renovar minha coleção, talvez descobrir uma paixão pelo jazz ou pela Bossa Nova. Essa era minha decisão e eu estava determinada a segui-la, porém tive a pavorosa ideia de encarar a minha estante e acabei enxergando a lombada apagada e encardida de *A rosa do povo*, um livro que não encontraria nas livrarias dos Estados Unidos. Fui até a estante, retirei o livro e abri em uma página qualquer. Deparei-me com o "Áporo". Pensei que só podia ser um sinal e bufei porque não podia me dar ao luxo de acreditar em sinais, não naquele momento. Seja como for, reli, murmurando as palavras, a história do inseto que cava em busca de uma saída. Era um livro fino, que pesava pouco. Enrolei-o em um vestido preto e o acomodei no fundo da mala, sentindo uma leveza crescer pouco a pouco dentro de mim, uma espécie de alegria sutil que só consigo associar a momentos muito despreocupados da infância. Enquanto terminava de acomodar o meu estojo de maquiagem, o disco que escutava chegou ao fim, e a agulha continuou riscando, insistente, como se ainda houvesse música para tocar. Nesse momento, o telefone soou.

Não vou atender, pensei. Nada de bom pode sair disso, pensei. Continuei ajeitando a mala, agora tomada pela pressa. O telefone parou de tocar. O telefone recomeçou. A mala não fechava. Coisas demais. Escancarei-a, pensando no que poderia retirar. O telefone parou e começou outra vez. Aproximei-me do aparelho para arrancar o fio da parede. Eles devem estar me observando, pensei. Devem ter câmeras espalhadas ao meu redor. Sabem que pretendo fugir. Desencaixei o fio. Silêncio, outra vez, com exceção da agulha no toca-discos e de um pássaro piando lá fora. Voltei para a mala. Se estão me observando, pensei, não me deixarão escapar, e atender o telefone não mudará isso em nada. Fechei outra vez a mala e sentei sobre ela. Com o meu peso, o encaixe de metal finalmente pôde ser enganchado. Pronto, pensei. Olhei para o telefone mudo. Viajaria sem saber quem me ligou. Imaginei uma cena: eu sozinha em um trem que se deslocava sobre trilhos estrangeiros, em uma terra de ninguém. Eu, sozinha, pensando no conteúdo do telefonema não atendido. Fui até o aparelho e religuei o fio.

Assim que encaixei na tomada, o diabo tocou. Atendi no primeiro segundo.

"Alô?"

"Estamos ligando apenas para dar os parabéns", disse a inconfundível voz.

"Não estou entendendo."

"Pelo serviço. Foi muito melhor do que poderíamos imaginar. Como disse, estamos ligando apenas para dar os parabéns. Você receberá um bônus em alguns dias, deixarão uma maleta do lado de fora do seu apartamento. Mais uma vez, obrigado. Estamos todos curiosos para saber *como* foi feito, mas respeitamos a sua técnica. A sua arte."

"Eu realmente não estou entendendo."

"Uma profissional do início ao fim! Não se preocupe, a linha é segura. Seja como for, o recado foi dado. Parabéns."

E desligou.

Fiquei muda, olhando ao redor, contemplando a mala lacrada sobre a cama. O telefone soou mais uma vez e eu atendi no primeiro toque.

"Alô."

"Nossa, você foi rápida em atender!", comentou Antoine.

"O que foi?"

"Santa grosseria! Liguei apenas para saber se você tinha ficado sabendo das notícias. Estou em choque!"

"Notícias?"

"Do bom e velho Welles."

Emudeci.

"Não ficou sabendo? Põe na CNN."

Larguei o telefone e corri em direção à TV. A imagem que saltou aos meus olhos era de Orson Welles jovem, com pinta de galã, olhando para a câmera, como se a lente fosse uma bela garota a ser conquistada. Uma foto clássica da época em que *Kane* foi filmado. No letreiro que passava no canto inferior da tela, a notícia. ORSON WELLES DEAD AT 70. Aumentei o volume e tentei filtrar as palavras. Corpo encontrado caído junto à máquina de escrever, onde trabalhava em um roteiro. Naquele instante, fui capaz de vislumbrar o tapete amplo que cobria o quarto onde Welles trabalhava, a lareira que há muito tempo não era acesa, o amarelo-claro das paredes. A voz da repórter continuou, contando que o cineasta deixava uma viúva e (meu ouvido não captou esse trecho, mas suponho que falasse das três filhas). Seu último filme comercial foi *F for Fake*, comentava, e por um breve momento apareceu o cartaz do filme, que logo foi substituído por *Cidadão Kane*, e a repórter começou a falar que o diretor provavelmente ficaria mais conhecido pelo seu primeiro filme, que também tinha sido sua obra-prima, dirigida por ele aos vinte e cinco anos. Caí para trás no sofá, tremendo, e lembrei que havia deixado Antoine na linha. Olhei para o telefone, imóvel e distante de mim, e concluí que de jeito nenhum conseguiria chegar até lá, de jeito nenhum conseguiria atravessar a sala, de jeito nenhum conseguiria ter forças para me levantar do sofá.

PARTE TRÊS

1.

Será que meu pai algum dia assistiu a um filme do Orson Welles? Ele era uma pessoa razoavelmente culta; talvez tenha tido a chance de assistir a *Kane* nos cinemas, ou *A marca da maldade*, que alcançou grande popularidade na época e tinha o Charlton Heston no elenco — disso me lembro, meu pai gostava de Charlton Heston.

Na minha visão de fora — ou nem tanto —, todo grande artista nutre uma crença no poder transformador da arte. Não que professem tal crença por aí. Mas imagino que, antes de atingirem a crise do "nada importa", um artista acredite que a sua arte tem a capacidade de mudar o mundo, ou ao menos os seres humanos. Welles certa vez me disse que um filme poderia mudar o mundo, mas, se o fizesse, seria, muito provavelmente, um filme ruim. Ignorando a sua tirada irônica, é difícil pensar que o jovem Welles, todo-poderoso no Mercury Theatre, não sonhasse com uma obra transformadora. Ele foi parar em Hollywood por causa da comoção absurda que causou com a leitura, ao vivo, de trechos do *Guerra dos mundos*. Welles sabia que a leitura na rádio de *Guerra dos mundos* era uma brincadeira — ainda que brilhante. Um trote bem elaborado. Mas ele era um leitor dedicado de Shakespeare, tinha certeza de que poderia ir além. E, aos vinte e cinco anos, trocando o áudio pelas imagens em movimento de *Cidadão Kane*, ele foi. É difícil pensar que ele não sonhasse com o poder de mudar o mundo e as pessoas. Todo grande artista sonha, penso, mas, por outro lado, que sei eu sobre arte?

O que sei é que meu pai pode muito bem ter sido exposto aos filmes de Welles. Ele leu Tolstói, Dostoiévski, Charles Dickens, F. Scott Fitzgerald, Machado de Assis, todos os livros da sua biblioteca estavam bem folheados e com a sua assinatura na página de rosto. Talvez tenha assistido a filmes de Hawks, Ford, Welles, Kurosawa, até mesmo Godard e Resnais. Uma crença não apenas no poder transformador da arte, mas no poder *humanizador* da arte. Todos esses nomes que, aqui no papel, não passam de nomes frios e mortos tiveram essa crença algum dia.

Ter assistido ou não a *Cidadão Kane* seria capaz de influenciar a trajetória, digamos, profissional do meu pai? Um acesso maior às assim chamadas *humanidades* teria impedido meu pai de empregar toda a sua inteligência no aprimoramento de aparelhos de tortura? Um livro de Tolstói seria capaz de barrar sua entrada no quarto da minha irmã durante a madrugada? E quanto a mim? Mesmo depois de transcrever a minha trajetória de vida a partir daquilo que a memória dita, cabem a mim todas as perguntas, que na verdade são uma só e várias ao mesmo tempo: alguma obra de arte seria capaz de mudar minha vida? Uma obra de arte é capaz de mudar uma vida? As assim chamadas *humanidades* são capazes de humanizar alguém? Por que associamos *humanidade* com fazer o bem e ter compaixão pelo outro? Por que a morte não seria uma espécie de arte? Não seria a morte o verdadeiro signo da *humanidade*? E, nesse sentido, eu não estaria na vanguarda, escutando, em minha mente, o som do futuro?

Mas eu não matei Welles. Talvez outra pessoa tenha cometido um assassinato criativíssimo que não levantou suspeitas. Alguém tão bom que fez aquele ataque cardíaco "parecer um acidente". O mais provável, no entanto, é que eu tenha recebido os créditos por uma tarefa executada pela natureza (ou pelas artérias entupidas, para soar menos mística), uma tarefa realizada justo no dia definido como prazo-limite.

Eu deveria ter ficado feliz. Por alguns dias, não fiquei contente ou triste; por alguns dias, apenas vaguei por Los Angeles nos horários mais estranhos, quando a luz do sol faz a cidade parecer um sonho; por alguns dias, frequentei cafés desoladores, bebi cerveja em pubs nos quais nunca entraria sóbria, contemplei perplexa as mansões de Beverly Hills e as técnicas de paisagismo usadas para garantir um mínimo de privacidade sem ocultar a ostentação obrigatória de cada mansão. Por alguns dias, escutei Bruce Springsteen, esse americano tão americano, um músico mais afeito às guitarras do que aos sintetizadores, um roqueiro à moda antiga, e pensei nas possibilidades de vida que se espraiavam diante dos meus olhos, ainda mais com tanto dinheiro para gastar, um dinheiro limpo e verde, verde como a grama artificial das mansões, sem manchas vermelhas nas laterais. Dinheiro o suficiente para não precisar me preocupar com o assunto por meses, um tempo para apreciar o ócio e as tardes inúteis, um tempo para assistir a mais filmes e vislumbrar um momento no qual o cinema se tornava parte essencial da minha vida, em que eu começava de fato a trabalhar com isso, e por dias pude me dedicar apenas a percorrer Los Angeles de carro ou a pé, fingindo ser uma turista sem rumo ou mapa, e a enxergar a luz das cinco da tarde sem óculos escuros, com os olhos curiosos de quem nunca viu o sol.

Aí o telefone tocou.

Sempre imaginei que, caso o pior acontecesse, a notícia chegaria por carta, e eu choraria e minhas lágrimas encharcariam o papel, a tinta de caneta Bic borraria e a carta em minhas mãos seria transformada em uma massa pastosa branca e azul. Em vez disso, o telefone tocou e minha mãe falou algo que eu não entendi, e eu perguntei "o quê?", e ela perguntou, então, se eu iria ao enterro da minha irmã, se daria tempo, se eu queria que ela adiasse ao máximo o funeral para eu poder comprar a passagem e embarcar no primeiro voo ao Rio de Janeiro. Uma lágrima escorreu do meu olho direito e outra seguiu no esquerdo, mas eu não sentia como se estivesse chorando.

Se eu pudesse apostar, colocaria mil dólares em "pílulas". E perderia.

Enforcamento. O azarão no universo das apostas de formas de suicídio da minha irmã. Dentro de casa, quem diria. Como Ian Curtis. Na casa dos meus pais, a mesma casa onde passei a infância. Minha mãe dormia um sono pesado de quem se tornou escrava dos relaxantes musculares, que na verdade não passavam de remédios para dormir. Minha irmã entrou sorrateiramente no seu quarto com uma lanterna e uma cadeira, desaparafusou o lustre, colocou um gancho no lugar, pendurou e amarrou uma corda, encaixou o pescoço e, em um golpe brusco, chutou a cadeira. Minha mãe não ouviu nada, nem o barulho da cadeira desabando no piso, nem o gemido que minha irmã deve ter emitido antes de revirar os olhos e permitir que sua alma abandonasse o corpo. Eu me pergunto quanto tempo ela deve ter demorado para perceber, quando o despertador tocou e ela enfim saiu de seu estado letárgico, que o cadáver de sua filha tinha passado uma noite a seu lado.

Isso não fiquei sabendo pelo telefone. Na ligação, minha mãe só queria saber se deveria me aguardar para o enterro. Falei que sim, claro, desliguei, joguei cinco calcinhas em uma mala pequena, algumas blusas e saias, dirigi até o aeroporto e pedi a primeira passagem para o Rio de Janeiro, fazendo questão, no entanto, de já comprar a passagem de volta.

Cheguei ao Galeão e, é claro, ninguém me aguardava. No saguão daquele lugar que nada tem em comum com o Rio de Janeiro me senti o mais longe de casa que algum dia já estive. Não que eu considerasse Los Angeles o meu lar, de modo algum, mas aquele aeroporto parecia a porta de entrada de uma cidade nova. Tomei um táxi para o cemitério e, no banco de trás, contemplei o sol, as árvores, o mar, a praia do Flamengo, as pessoas no calçadão, como se nunca tivesse pisado naquela terra antes, como se não tivesse perdido minha infância ali, como se tivesse aterrissado no Caribe, no México, em Salvador, em qualquer cidade que nunca visitei.

A cerimônia no cemitério foi igualmente esquisita. Não reconheci quase nenhum dos presentes, exceto um tio, cujo rosto evocava a lembrança de um Natal no qual ele se vestira de Papai Noel, uma tia, irreconhecível depois que o branco dominou seus cabelos, e minha mãe, que permanecia quase igual, e, no entanto, aos meus olhos, era tão estrangeira quanto qualquer amigo da minha irmã que estava ali, ao redor do caixão, esperando a chegada da Ana, a irmã desnaturada que abandonou o país, pois só com a chegada da Ana, a irmã que não respondeu às derradeiras cartas da irmã, o caixão poderia ser colocado na cova e a terra poderia ser jogada por cima.

Minha última lembrança realmente significativa do Brasil era do enterro do meu pai, quando conheci meu tio José. A partir daquele dia, só pensei em sair do país e fugir daquela situação. A época do meu retorno para terminar o colégio foi apenas um período vago e fugaz na minha memória. Eu me perguntei se meu tio ficou sabendo da morte de Lúcia. Minha mãe nunca comunicaria a ele, e José nunca demonstrou muito interesse pela minha irmã. Eu também não teria como avisá-lo, uma vez que ele devia estar em algum lugar de nome complicado cujo alfabeto era composto de riscos ininteligíveis por nós, ocidentais. Um lugar que não tinha nada em comum com esse Brasil que nunca compreendi se ele amava ou detestava. E cá estava eu de novo, por causa de um enterro.

Os gringos que desembarcam no Galeão viajam milhares de quilômetros para ver a vida fulgurante que só o Brasil carnavalesco pode oferecer. Para mim, no entanto, o país cheirava a morte, mesmo agora, sem tantos jipes percorrendo as ruas, sem militares estacionados a cada esquina, sem o clima permanente de medo e apreensão. A mudança no país era sentida até na escala cromática: o verde-camuflagem desaparecera, cedendo espaço ao laranja e verde-limão que coloriam as viseiras, os maiôs e as tangas. O cheiro, porém, era o mesmo.

O enterro da minha irmã, assim como o do meu pai, transcorreu em um dia ensolarado. Minha irmã não merecia isso. Ela merecia um dia de chuva forte, as tempestades que, nos filmes, simbolizam mudança, uma revolução por vir. Mas lá estava o sol insolente, convidando turistas e nativos à praia.

Um *wayfarer* escondia meus olhos, e muitos ao meu redor também usavam óculos de sol para disfarçar as lágrimas, porém não chorei naquele dia. Chorei ao telefone, mas não no enterro. Os óculos ocultavam as olheiras da minha insônia mais do que qualquer outra coisa. Pensando em retrospecto, a noite anterior ao telefonema foi a última em que dormi com alguma tranquilidade.

Nos poucos dias que passei no Rio de Janeiro, constatei que a cidade tinha se tornado tão estranha para mim quanto a minha mãe. Nunca expus detalhes da minha vida privada a ela, nunca tivemos uma conversa de mãe para filha ou de filha para mãe. Nunca entendi o que a levou a se casar com meu pai. Ela trabalhava agora com contabilidade. Quando saí do Brasil, era apenas uma secretária. Depois da morte do meu pai, foi galgando posições na empresa, até se tornar chefe de alguém. Será que sua ascensão teria sido igual se meu pai estivesse vivo? Ela me abraçava e dizia coisas como "que saudades", "por que você não fica mais?", "seria ótimo ter você por perto, ainda mais nesses dias difíceis". Eu tentava retribuir o afeto, apertando meus braços ao redor do seu corpo magro quando ela me abraçava. Não havia nada a dizer, estávamos emocionalmente a dezenas de países de distância. Ela me contou onde minha irmã havia se suicidado, sem se perguntar por que ela tinha escolhido justo aquele lugar, aquele quarto onde minha mãe e meu pai dividiram a cama por tantos anos. Minha mãe não era burra, porém há certas questões que nada têm a ver com inteligência, e sim com uma política de busca pela verdade. Será que ela sabia das atividades extraoficiais do meu pai?

Para ela, eu era uma professora de línguas que trabalhava de vez em quando com cinema, e ela nunca desconfiou da informação. Acho que, nem se lhe implorassem, seria capaz de refletir sobre os motivos que levaram minha irmã a se matar. Ela considerou o suicídio dela uma tragédia da mesma natureza que a morte em um acidente de carro. Morte era morte e não havia o que se fazer quanto a isso. Pragmatismo de quem trabalha na frente de um computador vigiando números verdes fluorescentes em uma tela preta, e, provavelmente, sem sentir-se presa em uma monotonia opressora.

Na tentativa de me atualizar e encontrar algum assunto que não fosse a minha irmã, perguntei a ela sobre o país ("o que tem o país?"), as Diretas Já ("foi um caos, toda aquela gente na rua"), a abertura política ("muita gente reclamava, né?"), José Sarney ("que sujeito seboso, aquele bigodinho é nojento, o Geisel sim tinha elegância, era velhinho, mas charmoso"), a oportunidade de votar ("nem sei direito como vai ser isso aí, uma bagunça, quero só ver"). Perguntei a ela sobre o trabalho e ela elogiou "o pessoal da firma". Eram "todos muito divertidos, especialmente a Cláudia, que sempre leva um bolo de cenoura delicioso".

Previ que minha mãe choraria e teria crises por causa da morte da minha irmã, mas depois de um mês estaria tocando a vida de modo bastante normal, e um dia esqueceria a imagem do cadáver da filha ("ela era tão estranha, tão calada, sempre no mundo da lua, poucos amigos") pendurado no seu quarto, no leito conjugal que ela havia dividido por tantos anos com meu pai ("você não me perguntou dos homens, minha filha. Sei que é chato, você deve pensar que sua mãe está traindo a memória do seu pai. Mas eu sou uma mulher, sabe? Uma mulher tem necessidades").

2.

Voltei, e meu retorno foi acompanhado da pior insônia possível. Desde o telefonema, eu dormia de duas a três horas por noite, um sono inquieto sempre embalado por pesadelos, por memórias da minha infância, por coisas que vi e não deveria ter visto, por cartas recebidas e nunca respondidas, por cartas escritas e nunca remetidas, por viagens prometidas e nunca realizadas.

No terceiro dia sem dormir mais do que quinze minutos, decidi consultar um médico. Minha primeira pergunta foi por quanto tempo uma pessoa poderia ficar sem dormir. Existiria o risco de morrer de insônia? Ele recomendou que eu fizesse exercícios. Eu falei: "Você não está entendendo". Ele aceitou que eu tomasse remédios para dormir, preenchendo às pressas um receituário, desesperado para que eu fosse embora do seu consultório imaculado. Eu já me encontrava do lado de fora quando ouvi a sugestão: "Não misture com bebida".

Como não misturar com bebida? Como passar um dia inteiro em casa, no sofá, ouvindo discos e mais discos, assistindo a filmes e mais filmes no videocassete, vivendo às custas de um assassinato que eu não cometi?

Eu tentava me controlar até o meio-dia. Ao meio-dia, preparava um almoço simples, um macarrão ao molho de tomate, e abria uma cerveja. Sim, uma cerveja é leve, é meio-dia, horário de almoço, tudo aceitável. Às duas da tarde, começava a assistir a algum filme alugado, e nada combina melhor com filmes do que cerveja. Ao final do filme, latinhas se empilhavam na borda do sofá da sala. À tarde, tentava ler alguma coisa, só que o cérebro, anestesiado pelo amarelo dourado da cerveja, não registrava direito as linhas lidas. Então eu continuava bebendo. Quando o sol começava a baixar no horizonte, decidia que era hora de uma dose de uísque. Na janta, uma taça — O.k., três — de vinho, para harmonizar com a refeição. À meia-noite, eu tomava um remédio para dormir e meus olhos não resistiam, ondas pareciam flutuar na parte interna das minhas pálpebras, e nas horas seguintes eu vivia em um lugar onde sonho e realidade eram costurados no mesmo tecido. Uma noite, acordei de madrugada, levantei-me da cama e puxei a corda da persiana. Lá fora, as ruas de Los Angeles ardiam em chamas, o prédio queimava, e tive a certeza serena de que me encontrava no inferno. Às seis da manhã, acordava de fato e lá fora só havia o pio dos pássaros matinais e o ruído dos motores dos carros que rasgavam as ruas.

Encontrei Antoine, e ele perguntou o que estava acontecendo comigo, e eu falei que minha irmã tinha morrido, e ele disse que já sabia, eu tinha contado isso fazia três semanas, antes de viajar às pressas ao Brasil, e então me dei conta de que já havia se passado todo esse tempo. Ele achou que eu estava usando drogas pesadas, pois minha pele, de tom mais escuro que a média americana, tinha ficado fantasmagórica, minhas olheiras pareciam escavadas a golpes violentos no meu rosto. "Se você está cheirando, por favor, conte. Sério. Não suporto gente que cheira", ele disse, argumentando que todo mundo que trabalha com cinema é viciado no pó branco e ele conhece muito bem os sintomas. Comecei a chorar e tentei me aninhar no seu peito. Ele acariciou o meu cabelo e perguntou se eu contaria tudo a ele. Respondi que sim, contaria, não estava cheirando, só bebendo um pouco demais talvez, e dormindo um pouco de menos, só isso. "Nada mais a me contar?", ele perguntou.

"Não."

Antoine apertava a campainha do meu apartamento todos os dias, para saber como eu estava. Eu tentava ser simpática, preparava um café que bebíamos sem açúcar sentados de forma comportada à mesa, porém as palavras saíam desengonçadas da minha boca, e eu me sentia constrangida, pois Antoine não conseguia esconder por completo quanto a situação o deixava desconfortável. Ele perguntava se estava tudo bem e eu respondia que sim, sem saber se minha mente não encontrava as palavras certas por causa do álcool ou se havia outras coisas nublando meu pensamento. Depois de alguns dias, talvez sete ou oito, parei de abrir a porta. O telefone tocava, insistente, e eu o ignorava.

Meus comprimidos para dormir acabaram e a insônia voltou com força. Como os remédios costumavam me dar alucinações, acabei não voltando ao médico para pedir outra receita, aceitando, em vez disso, as noites intermináveis. Para lidar com elas, eu saía de casa. Parei de frequentar o Night Drive por receio de encontrar pessoas conhecidas, e dirigia com dificuldade até regiões longínquas de Los Angeles em busca de novos bares nos quais pudesse ser anônima. Chegava aos bares já tendo consumido alguns drinques e tentava driblar — nem sempre com sucesso — as investidas de homens desconhecidos que me convidavam para cheirar algumas carreiras no banheiro. Quando as luzes pareciam mais intensas e a música mais alta, eles me apalpavam por baixo do vestido, com mãos suadas e desesperadas, e beijavam com sofreguidão o meu pescoço enquanto afrouxavam a gravata que os estrangulava e desabotoavam a camisa, para tentar estancar o suor. Em muitas ocasiões, pensei que eles não sabiam com quem estavam se metendo, todos pensavam que eu era uma menina indefesa em busca de aventura para aplacar o tédio e eu, com um golpe bem calculado, poderia derrubar até o mais forte deles.

E havia os insistentes. Aqueles que não se contentavam com o agarramento no banheiro. Certa noite, um homem — que poderia se chamar Danny, Johnny ou até mesmo Carl, não consigo lembrar — insistiu que eu fosse para casa com ele. "Tenho um Audi vermelho do lado de fora, sério", ele dizia, mas o seu rosto indicava no máximo um Volvo quadradão com boneco do Garfield pendurado no vidro traseiro. "Não", rejeitei, "vou para casa. A pé!". Menti, claro. O plano era tomar o primeiro táxi que aparecesse. Tinha destruído meu carro em uma batida forte contra um poste duas noites antes e saído ilesa do acidente. O homem — Danny, Johnny ou Carl — teimou em me acompanhar. "Duvido que você vá a pé", ele disse. "Duvido que você tenha um Audi", respondi. "Um Audi 5000!", ele complementou, já rindo, ciente de que sua farsa não convencia.

Saímos da boate, abandonando o ruído indistinto de uma música genérica e aceitando o silêncio da noite. Falei, errando os passos: "Ó, veja só, estou indo embora a pé!", e segui andando, sem olhar para trás. Escutei a voz dele à distância: "Você acaba de perder a carona da sua vida!". Notei o absurdo da cena e comecei a andar mais rápido. Preciso pegar um táxi, pensei. Caminhava por uma região de prédios baixos e comércio fechado, uma região que parecia ensolarada e agradável durante o dia, mas que, à noite, era um labirinto sombrio de filmes de terror. Cheguei a um cruzamento, olhei para trás, nada nem ninguém, olhei para a frente, nada nem ninguém, para os lados, nada nem ninguém. Entrei à direita. Tive a impressão de ouvir uma voz, uma voz indefinida, filtrada por ruído, como a voz que me telefonava oferecendo trabalho. Continuei caminhando. Uma sombra apareceu à distância. Pensei que era uma ilusão, e então pensei que não tinha consumido nenhuma droga pesada o suficiente para proporcionar tais alucinações. A sombra permanecia.

Parei por um instante e pensei em me virar e voltar no sentido contrário, mas me dei conta de que a sombra caminhava na mesma direção que eu. Continuei pela rua. A sombra andava em um ritmo mais devagar e a silhueta foi ganhando contornos, uma silhueta grande, coberta por uma espécie de túnica. No topo, um chapéu inclinado na diagonal. Uma fumaça saía da silhueta, e me aproximando ainda mais, notei que a fumaça vinha de um charuto preso entre os dedos. A voz grave recitando Kipling — "*but is it art?*" — surgiu em minha memória, e estanquei o passo. O.k., bebi demais, pensei. O.k., aquelas carreiras no banheiro não foram uma boa ideia, pensei.

Dei meia-volta, passei a caminhar no sentido contrário, entrei na primeira esquina, comecei a correr cada vez mais rápido, entrei em outra esquina, pensei no risco de estar andando em círculos, mas então reconheci uma avenida grande e enxerguei uma luz à distância, um carro amarelo parado, e continuei correndo, com o suor escapando por todos os meus poros, e me deparei com um taxista dormindo um sono pacífico. Acordei-o com uma batida na parte de cima do carro. O sujeito fez uma cara de desgosto e aceitou me levar para casa.

Consegui dormir algumas horas, graças às maravilhas da química — havia encontrado um remédio para dormir perdido no pote de escova de dentes —, porém tive a sensação de que o sono não me trouxe descanso algum. Acordei com dor de cabeça, mas capaz de me lembrar das cenas noturnas com ainda mais vivacidade.

Achei que, depois de tantos dias ignorando o rapaz, Antoine tinha desistido de mim. Mas, por volta das onze horas da manhã, ele tocou o interfone, e dessa vez eu abri. Ele iniciou o discurso esperado do "por que você está fugindo?" misturado com "eu só quero ajudar". Respondi: "Acho que vi Orson Welles ontem à noite". "Como assim?", ele pergunta. Conto a história. "O mesmo chapéu de *F for Fake*!", explico. Ele me olha fundo nos olhos e pergunta se estou usando drogas. Nego com veemência e vejo que ele está realmente preocupado com meu estado mental. "Eu quero ajudar, mas não sei como. E agora, você me conta que tem alucinações."

O que eu não disse: "E se não forem alucinações? E se Welles não morreu, apenas forjou sua morte?". (Antoine perguntaria: "Por que ele forjaria sua morte?". Eu responderia: "Porque contrataram uma pessoa para assassiná-lo".)

O que eu disse: "Só preciso voltar ao normal. Vamos fazer alguma coisa boba para eu tirar da cabeça tudo isso".

Fomos até a videolocadora e encontramos prateleiras forradas com fitas do recém-lançado *De volta para o futuro*. Tanto ele como eu tínhamos perdido a chance de ver na tela grande, então alugamos e voltamos para a minha casa. Sugeri abrir uma cerveja, mas ele insistiu no suco de laranja.

Nos divertimos com as desventuras no tempo de Marty McFly e seu amigo cientista maluco, mas até mesmo o filme mais escapista pode apresentar um detalhe que me deixa desconfortável e planta o início de uma perturbação. *De volta para o futuro* termina com o clássico recurso dos *blockbusters* de deixar espaço aberto para uma sequência. O filme encerra com Doc Brown, transtornado, convidando Marty para mais uma viagem no tempo, desta vez não para o passado, e sim para o futuro. As rodas do DeLorean dobram para dentro e o veículo começa a flutuar. "Aonde vamos, não precisamos de estradas", ele anuncia, e os dois desaparecem rumo ao futuro, onde se passará o segundo filme, pois é impossível que tudo fique bem no futuro, nada estará no lugar certo no futuro.

3.

Desde aquela noite nebulosa, fui tomada por um desejo de rever *F for Fake*. Nunca enxerguei a fita na locadora de bairro que mais frequentava, então decidi ir a outras, apenas para concluir que, caso o filme tivesse sido lançado em VHS (ou Betamax ou Laserdisc), era artigo de raridade. Se eu ainda tivesse contato com a Voz, sei que bastaria um telefonema para que uma cópia (talvez ilegal) surgisse na minha caixa de correspondência em até uma semana. Mas a Voz não seria capaz de entender por que eu ainda estava interessada em Orson Welles, se o homem já tinha abandonado o mundo dos vivos.

Comecei a procurar anúncios classificados de colecionadores de filmes raros em película. Liguei para três números que disseram não possuir cópias de *F for Fake*, e mais, nem sequer tinham assistido ao filme. Dois deles, no entanto, falaram que tinham uma versão "muito diferente" de *Mr. Arkadin*.

Liguei para o quarto número sem nenhuma esperança. Perguntei. O homem respondeu: "Claro". Eu perguntei: "Você tem certeza? *F for Fake*?". Ele respondeu: "Eu prometi que, por uma hora, tudo que eu falaria seria a verdade. Aquela hora, senhoras e senhores, acabou. Nos últimos dezessete minutos, menti sem parar". Fiquei em silêncio. "Ahn... Quer dizer que você mentiu? Que não tem o filme?" Do outro lado da linha, escutei uma risada. E então me dei conta de que ele havia recitado um trecho do filme, no qual Welles revela que a parte final de seu documentário é toda composta de mentiras. "Ah, entendi!", falei, antes que o homem me julgasse não merecedora de assistir ao filme. "E você está vendendo?", perguntei. "Não. Certas coisas não faço nem cópia. Se você está realmente interessada, posso fazer uma sessão privada por um preço módico." Acertamos o valor e ele me passou o endereço. Não conhecia o nome da rua. Desdobrei sobre a mesa um mapa de Los Angeles, localizei o bairro, rastreei as linhas azuis com os dedos e encontrei a rua. Ficava a uma quadra do local onde eu jurava ter avistado a silhueta de Orson Welles.

Já era noite quando o táxi me deixou em frente ao local onde eu poderia rever Orson Welles olhando para a câmera com o seu sorriso de charlatão, dotado da alegria de quem embaralha realidade e ficção sem se preocupar. Prédio de número 34, apartamento 7. Um prédio pobre, sem nenhum rastro da ostentação hollywoodiana, cercado por grades cinza. Toquei o interfone e esperei. Olhei ao meu redor. Não tive coragem de passar pela rua onde tivera a impressão de avistar um fantasma, mas a rua onde me encontrava era quase idêntica. Todas as ruas desse bairro se assemelham, pensei, como se tivessem sido projetadas por um arquiteto entediado.

"Ana?", a voz perguntou, soando robótica no interfone.

"Sim", respondi.

"Vou demorar um pouco para descer. Não abre à distância. Aguarde um instante."

Tive um péssimo pressentimento. No banco de trás do táxi, no caminho, ainda pude contemplar alguns resquícios de luz de sol iluminando Los Angeles. Agora, a escuridão era quase total, e o bairro era mal iluminado — não é à toa que enxerguei nele coisas que não existiam.

Mesmo estando em uma cidade supostamente segura, em uma rua onde não passava vivalma, uma sensação de insegurança me tomou de surpresa, como se eu fosse ser assaltada, como se alguém fosse surgir da esquina e apontar uma arma para a minha cabeça. Virei o pescoço para a esquerda. Nada. Virei o pescoço para a direita. Nada. Esquerda. Nada. Direita. Nada. Esquerda.

Um sussurro carregado pelo vento, como uma voz distorcida pelo ruído do telefone.

Direita.

Acho que vi uma silhueta.

Meu coração sofre um golpe de marreta. Uma silhueta ondulante, pois a pessoa veste uma capa. E um chapéu. Olho para a porta. Nem sinal do colecionador de filmes raros, fã de Welles e obscuridades, que me mostraria a película assombrada por fantasmas. Olho à direita de novo. A pessoa de capa se afasta, caminha para longe de mim.

Notei que eu me agarrava com força a uma das grades do prédio. Solto a grade e começo a correr em direção à silhueta, sem me preocupar com o que o colecionador pensaria ao descer e dar de cara com uma rua deserta. Eu estava sóbria, sem (muito) álcool no sangue, sem pó no nariz, pensando que não fazia o menor sentido perseguir silhuetas noturnas, e me culpando, ao mesmo tempo, por ter destroçado o carro, que ainda não tinha retornado do conserto, me impedindo de perseguir as sombras de maneira mais ágil. A silhueta dobrou à esquerda, e quando cheguei à esquina, fiz o mesmo. A pessoa havia desaparecido. Não é possível, pensei. Continuei caminhando na direção para onde ela teria ido, refletindo que deveria ter entrado em algum prédio. Aquela rua estava tão deserta quanto a anterior.

De repente, um clarão amarelado faiscou a alguns metros de mim. Um fósforo riscando. Aproximei-me da luz e encontrei Orson Welles acendendo o seu charuto e sorrindo. Tentei respirar, mas parecia que meu corpo interpretava o ar como um sólido a se engolir. Welles prendeu o charuto no canto direito de seu sorriso.

"Olá, garota", ele disse, como se tivéssemos nos encontrado no dia anterior.

Um frio gélido tomou minha face e me recordei da cena em *O terceiro homem*, quando o protagonista, desbravando a noite de Viena, descobre que Harry Lime está vivo.

"Temos muito a conversar", ele disse.

Escutei um ruído de motor preencher a rua. Ao meu lado direito, parou um carro preto antiquado com os vidros escuros, ocultando o rosto do motorista. Welles saiu da sombra, abriu a porta do banco de trás e cavalheirescamente fez sinal para eu entrar.

Welles se sentou no banco da frente, ao lado do motorista, um rapaz branco na faixa dos trinta anos de feições angulosas, que usava óculos de armação desproporcional para o rosto. O carro deu partida e logo pensei que precisava ficar muito alerta, prestar atenção no caminho, tinha que descobrir antes de mais nada para onde estava sendo transportada. Mas aí Welles falou:

"Você deve estar cheia de perguntas."

Não esbocei reação.

"Vamos lá. Faça alguma."

"Você está vivo?"

"Ah, você é mais inteligente do que isso, garota. Não pareço estar vivo?", ele me perguntou, vestindo o sorriso sarcástico de Harry Lime.

"Você vai terminar de filmar *Os sonhadores*?"

Ele gargalhou. "Isso seria uma legítima *obra póstuma*, não seria? Não, infelizmente esse será mais um filme inacabado. O que não significa que eu esteja me afastando do cinema. Ou melhor, eu estou. Mas continuo agindo, apenas de outra forma."

"Não entendo."

"Eu sei que não."

O motorista estava quieto. Uma ideia maluca me passou pela cabeça: e se, ao falar, ele revelasse possuir a voz que conversava comigo por telefone? Não, isso não faria o menor sentido.

Olhei pela janela. Um minuto de distração e não sabia mais onde estávamos. A única coisa certa é que nos afastávamos da Los Angeles que eu conhecia. Árvores corpulentas apareciam fincadas pelas ruelas vazias. Atravessamos, de repente, uma grande avenida, que tentei reconhecer, mas me pareceu idêntica a qualquer outra. A partir daí, nos afastamos de vez das luzes da cidade e os faróis do carro iluminavam um terreno montanhoso, ao mesmo tempo desértico e esverdeado. O carro, apesar de antigo, subia com vigor as ladeiras da estrada.

"Onde estamos? West Hollywood? Aquela era a avenida Santa Monica, por acaso? Estamos em…"

Welles me interrompeu: "É irrelevante, minha querida".

"Eu sei. Aonde nós vamos, não precisaremos de estradas."

"Como?"

"*De volta para o futuro*."

Welles fez "hmm", como quem não entende e não faz questão de entender.

Um desvio surgiu, revelando uma estradinha de terra, por onde o carro entrou, diminuindo a velocidade. Não sei por quanto tempo seguimos naquele caminho, talvez cinco minutos, talvez mais. O trajeto foi ficando menos íngreme, as árvores foram rareando. Preferi não fazer mais nenhuma pergunta a Welles.

Depois de percorrer mais de um quilômetro em uma clareira, o veículo estacionou, e aguardei sentada, esperando que o motorista abrisse a porta para mim. O motorista não se levantou do assento, mas Welles deu a volta no carro e abriu para que eu saísse. Segurei em sua mão e agradeci. Estávamos diante de uma mansão sem grades ou portões, uma casa de três andares que parecia se alongar por centenas de metros em direção às árvores. Era possível distinguir luzes acesas pelas janelas e, apesar disso, não havia iluminação externa, exceto por uma lâmpada situada logo acima da porta principal. Fomos caminhando em direção a ela. Olhei para cima e as janelas, apesar de quadradas, pareciam olhos sonolentos, emanando uma luz morna e amarelada. Welles deu uma batida na porta e escutei o motor do carro rugir. O motorista dava ré e preparava-se para sair do terreno.

Uma pequena abertura retangular de metal se abriu, por onde um par de olhos verdes nos encarou por frações de segundo antes de abrir a porta. Uma mulher que nunca tinha visto na vida, de uns cinquenta anos, elegante e esguia em um vestido vermelho longo, me saudou: “Ana! Que bom que você veio. É um prazer conhecê-la ao vivo”.

Ela me estendeu a mão, aceitei com um cumprimento molenga, enquanto ela me apertava, entusiástica, com força e calor, como se estivesse contente em conhecer uma estrela do cinema que admirava havia anos.

Welles se aproximou da senhora e cochichou algo no ouvido dela.

“Ah! Não se preocupe, logo tudo fará sentido”, comentou despreocupadamente a senhora, e fez sinal para que eu entrasse. Segui a senhora até o salão principal, um espaço amplo e majestoso, de pé-direito alto, com duas longas escadarias levando ao segundo andar. O local estava repleto de rostos que me pareciam familiares, embora não soubesse ao certo dizer quem eram. Havia gente de todas as idades, de jovens a idosos, embora eu parecesse ser a mais jovem. Pessoas bem-vestidas, bebericando drinques em copos de martíni. Um homem totalmente absorto tocava piano, murmurando notas ao passo que apertava as teclas com intensidade.

"Seja bem-vinda!", exclamou a mulher. Welles não se mostrava tão efusivo, como se estivesse receoso de alguma coisa.

"Ainda não estou entendendo nada. Que lugar é este?"

"Ah, minha querida, por isso pedimos que Orson a trouxesse aqui. Nada como um rosto familiar para explicar as coisas."

Fiquei em silêncio, esperando que a tal explicação começasse. Welles e a mulher trocaram olhares. "Mas seria rude de nossa parte não oferecer um aperitivo antes", ela complementou. Mantive o silêncio. "Você deve estar com fome!", ela disse. "Às vezes, de estômago vazio, tudo parece estranho", ela continuou, reconhecendo enfim o desconforto que pesava no ar. Welles interrompeu, lembrando à mulher, cujo nome não escutei, que Hemingway só compreendeu Cézanne quando passava fome. Essa foi a deixa para que se abreviassem as cerimônias e passássemos para as necessárias explicações.

"Vamos", disse Welles, me pegando pelo braço e me conduzindo pelas escadas. Entramos em um longo corredor de paredes estampadas com um papel de parede de tecido em alto-relevo, e fomos até uma das últimas portas, que Welles abriu, revelando um cômodo pouco espaçoso, apesar de ter apenas uma escrivaninha de madeira no centro e alguns retratos pendurados na parede. Ele fechou a porta e o ruído da algazarra no salão principal desapareceu.

Olhei para ele, impaciente. "Então...?"

Ele pigarreou e começou a explicar, como se estivesse elaborando uma narração em *off* para um filme.

"Nós somos um grupo de pessoas unidas por uma preocupação comum..."

"Não, espere, você está pulando etapas. Como você está vivo?"

Ele sorriu. "Em parte, graças à sua incompetência, que me rendeu uma perna quebrada."

"O seu corpo foi enterrado."

"Tecnicamente, fui cremado."

"Sim, mas..."

"Como? Ah, garota, você pesquisou tanto sobre a minha vida, e sabe muito bem que sou um mágico profissional. Além de poder usar meus truques, contei com a ajuda de diversos profissionais e gente importante em Los Angeles, muitos que trabalham para... este grupo."

"O.k., fale do grupo." Ele parecia ansioso para revelar informações sobre que lugar era aquele, como um vilão do 007 que não consegue conter a empolgação com o próprio plano maligno e conta todos os detalhes ao espião britânico.

"As pessoas que você viu na sala eram artistas. Músicos, poetas, pintores, escultores. Cineastas."

"Alguns rostos pareciam conhecidos."

"Outros você não deve conhecer. Contratações novas. Há um rapaz ali que deve ter a sua idade. Um programador de software. Você sabe o que é isso?" Ele não me esperou responder. "Eu também não sabia. Ele cria programas de computador. Não desses que ajudam as empresas. Brincadeiras, naves espaciais, aventureiros enfrentando cobras venenosas em pirâmides, gorilas irritados. Jogos. Você acha que podemos levar a sério isso? Eu tenho minhas dúvidas."

Lembrei-me do espaço sideral formado por pontinhos brancos na tela preta.

"Não sei dizer. Talvez. Então, que artistas são esses? Qual é o critério de seleção para fazer parte de um clubinho tão seleto?", perguntei.

"Não desdenhe algo que você ainda não compreende. Todas aquelas pessoas que você viu são visionárias. Todas tiveram vislumbres do futuro. Enxergaram pela bola de cristal de sua arte o que estava por vir. Você há de concordar que essa é uma das marcas da grande arte, não?"

"Sim, e..."

"Em determinado momento, o nosso grupo abordou essas pessoas quando a vida delas parecia estar próxima do fim e ofereceu uma saída. Tratamento de alto nível para doentes que não podiam pagar médicos, reabilitação para viciados em drogas, um lugar escondido para aqueles com a cabeça a prêmio." Eu me dei conta, então, de que o cômodo não tinha janelas. Além de eu não escutar mais a festa, devido ao nosso isolamento, também não ouvia mais os ruídos do campo e da noite.

"Então você sabia que eu planejava o seu assassinato", falei.

"Sim. E conheço o seu currículo. Todos aqui conhecem."

"Ainda é difícil para mim entender."

"Entender por que você está aqui?", ele perguntou.

Olhei para o teto branco do cômodo, para a linha preta formada pelo ângulo do teto. Era um cômodo estranho, que a partir de certa altura adquiria uma forma triangular. O teto precisaria ser mais alto para que o ambiente não ficasse sufocante. Mas, do jeito que era, parecia não haver oxigênio para duas pessoas habitarem aquele lugar por mais de dez minutos.

"Por que você está me revelando tudo isso?"

"Minha cara Ana, você se considera uma artista. Muitos aqui também."

"Uma artista?"

"Da morte. Eu fui contra a sua inclusão, mas tirando o meu conservadorismo, é quase uma unanimidade que você pertence ao nosso grupo. Como sou a única pessoa que você conhece de fato, pediram que eu fizesse o convite formal."

"Se eu quero participar da seita de vocês."

"Isso."

"Para isso, terei de forjar minha própria morte."

Ele assentiu.

"Mas não estou em risco."

"Você acha que as pessoas que mandam em Hollywood não descobrirão que você falhou e eu sigo vivo?"

"Por que descobririam?"

"Na sala por onde você acabou de passar, estão pessoas poderosas. Não é impossível que alguns tenham contatos com os mandachuvas."

"E eu correria risco de morte."

Ele concordou com a cabeça outra vez.

"O que eu faria neste... grupo?"

Ele apontou para o retrato de um homem magro com o cabelo dividido ao meio e uma expressão compenetrada. Na parte de baixo da moldura, havia as iniciais N. T.

"Este é o fundador do nosso grupo. Ou seita, como você preferir. Nikola. Um gênio da época em que homens de ciência capazes de mudar o mundo eram chamados de inventores. Um homem de imaginação ilimitada que enxergou o futuro."

"Espere um segundo. Ian está aqui?"

"Quem?"

"Ian. Pelo jeito é impossível proteger alguém do suicídio."

"Você está parecendo confusa hoje, Ana."

"Prometo não interromper mais."

"Todos nós fomos eleitos como pessoas capazes de enxergar

além e moldar os rumos da cultura e, portanto, da maneira como as pessoas se relacionam umas com as outras, como se articulam na sociedade. Moldamos o rumo da política, dos Estados. Do Ocidente. Mas a arte está perdendo espaço a um ritmo brutal. Até mesmo o cinema, que é tão moderno. Não vou nem mencionar a literatura, a poesia. Há quem diga que os livros pertencem aos museus. Daí a sua vinda. Talvez a sua arte seja a arte do futuro."

Minha cabeça doía e a culpa era provavelmente dos meus ombros, que se mantiveram imóveis num estágio permanente de tensão desde que entrei no carro.

"Nós articulamos os bastidores. Nós mantemos um olhar vigilante no mundo. Temos contatos em todas as áreas. Há quem diga que em Hollywood, nos galpões dos estúdios, estão os bastidores do cinema, mas é aqui, nesta bela casa, que se localizam os bastidores de Hollywood. E de outros polos culturais espalhados por aí."

"É muita informação que você está me dando, assim, em tão pouco tempo. Não sei. Eu preciso pensar um pouco."

"Sim, sim, sem dúvida. Bom, chega deste quarto abafado. Vamos lá para a sala, você pode pegar um drinque — embora eu recomende maneirar com a bebida, você tem exagerado nesses últimos meses — e eu posso apresentá-la a alguns dos outros membros."

Welles abriu a porta e gesticulou para que eu fosse em frente. No corredor, passamos por várias portas fechadas, mas, através de uma entreaberta, foi possível enxergar algo que só assimilei depois, um objeto de formas curiosas, um círculo ao redor de um objeto metálico com faixas pretas. E, ao lado dele, um telefone vermelho.

Descemos as escadas, e Welles chamou uma poeta na faixa dos quarenta anos para vir conversar conosco. Ela me disse seu nome, porém nem sequer ouvi, pois a imagem do objeto que enxerguei voltou à minha cabeça. O que era o aparato e qual era sua função nesta casa? Outra pessoa me foi apresentada. O programador de softwares. Ele perguntou se eu sabia o que era um software e eu tentei me lembrar do nome do jogo de computador do Luiz, mas acabei balbuciando "Atari", "Intellivision", nomes que vi estampados em revistas, sempre associados ao futuro da tecnologia, em anúncios com letras fluorescentes e um mapa quadriculado que parecia ser uma planificação do universo, e de repente um gim-tônica apareceu na minha mão, e eu tomei um gole e senti que era o gim-tônica mais bem preparado que já havia bebido. O líquido desceu pela minha garganta com a suavidade de uma água cristalina, e eu lembrei da regra de todos os pais que afirmavam ser tremendamente arriscado aceitar bebidas de estranhos, e pensei que talvez o gim-tônica estivesse envenenado, e depois concluí que não fazia sentido, e venenos saborosos só existem em poemas ruins, e notei que o programador de softwares continuava falando, mas eu só pensava no efeito da bebida no meu corpo, nos meus músculos relaxando, meus olhos percorrendo o salão e achando o local de uma suntuosidade agradável, e olhando para baixo e pensando que eu estava muito malvestida para a ocasião, deveria estar com um vestido longo e elegante, mas não podia ser assim, eu não poderia ser convencida de nada após alguns minutos de conversa e um drinque bem preparado, e alguma coisa estava errada, só podia estar errada, e então a imagem do aparato que enxerguei, no caminho do corredor, pela porta entreaberta, voltou à minha mente e me dei conta de que o objeto esquisito, de aparência quase alienígena, era um microfone profissional, talvez um microfone que pudesse distorcer a voz de alguém, talvez o equipamento perfeito para quem deseja falar por telefone de forma anônima, assumindo uma voz sem rosto ou gênero.

"A voz", murmurei para mim.

"Como?", perguntou Welles.

"Não estou me sentindo muito bem."

"Você parece um pouco pálida mesmo." Ele estalou os dedos e sussurrou "água" para um homem de terno branco, já tirando o gim-tônica da minha mão.

"Preciso respirar um pouco."

"Vamos, eu levo você lá fora."

A voz de Welles chegou aos meus ouvidos distorcida, como se fosse uma engenhoca mecânica que conversasse comigo, uma máquina movida a eletricidade, um robô trajando pele humana, e senti que não conseguia respirar de modo algum, e me curvei para baixo, arfando, na posição de quem vai vomitar, embora não sentisse vontade de vomitar, e pensei que precisava estabilizar a minha respiração, era tudo de que necessitava, contar os segundos, inspiração, um, dois, três, expiração, um, dois, três.

Os presentes sentiram que havia alguma coisa estranha no ambiente e começaram a se reunir ao nosso redor. Welles, com um gesto brusco, reajustou minha postura, me pegou pelo braço e me conduziu até a porta, tudo com um refinamento que não se imaginaria possível nesses momentos, abriu a porta como um cavalheiro e me acompanhou até o lado de fora. Fechou a porta, ocultando o ruído. Olhei para o alto. A única lâmpada do lado de fora. Olhei para a frente. A escuridão da noite. Olhei para Welles. Ele exibia um sorriso tranquilizador e reconfortante. Tirou do bolso um charuto, que cravou entre os dentes. Riscou um fósforo e acendeu o charuto, mordiscando a ponta e contemplando o silêncio. Ele esperou a minha respiração voltar a um ritmo saudável e o meu rosto recuperar a cor de sempre.

"Então, o que você acha?", ele me perguntou, encarando o céu, e torci para que ele não virasse em minha direção, para que o escuro o impedisse de perceber que meus olhos tinham se enchido d'água.

O que eu estava fazendo ali?, me perguntava. Nem Welles concordava com a minha inclusão. Talvez porque Welles se considerasse uma relíquia de outra época, e não fosse capaz de enxergar a morte como uma forma de arte. "Conservador", alguns lhe diriam, e ele de fato recebeu o epíteto de muita gente no decorrer dos anos, ainda que em escala menor do que outros adjetivos que insinuavam o contrário. Ele deve pensar que a arte — aquela que fugia do controle dos críticos e dos especialistas — era, no fundo, tirando todas as camadas de ironia, um exercício de comunicação com outro ser humano, por mais egocêntrico e cínico que às vezes parecesse. E uma carreira construída no ramo da morte não abre nenhum canal de comunicação, apenas orbita ao redor do narcisismo e até mesmo do solipsismo. Não se encaixaria nunca no que Welles considera arte, mas talvez seja o que os outros membros da seita consideram a arte do futuro. A verdade é que, se eu pertenço a esse grupo, Welles não pertence e deveria ser expulso. Ele pode ter previsto o futuro da linguagem do cinema, não uma, mas duas vezes, mas esse nunca foi seu objetivo primário.

Em poucos segundos, me dei conta de que ele não deveria estar lá, mas isso eu não disse a ele, e me dei conta de que eu também não deveria estar lá, nenhum de nós deveria fazer parte daquilo, o futuro não me interessava em nada, tudo que eu sabia é que ele iria chegar, e provavelmente seria grotesco, e nenhum olho humano seria capaz de suportar uma visão do futuro, mas isso eu também não disse, a única coisa que comentei com ele foi: "Sinto muito".

E saí correndo o mais rápido que pude, sem olhar um só momento para trás, sem ver se Welles chamaria alguém para me impedir, os ouvidos surdos para qualquer alarme ou grito, embora um zumbido histérico pulsasse no meu cérebro, como se o ar fosse elétrico e emitisse descargas de eletricidade nas têmporas, como se estivesse sendo torturada à base de choques, uma vítima das máquinas do meu pai, mas não havia máquina alguma ali, apenas eu e a escuridão, e tudo que eu precisava fazer era continuar correndo, fugir da noite, enxergar as luzes da cidade.

4.

Um cigarro magro e branquelo pendia da sua boca. Antoine era o tipo de pessoa que não deveria fumar.

"O.k., vamos recapitular", ele disse, lutando contra um isqueiro, que apenas lançava faíscas mortas. "Orson Welles não está morto."

"Não."

"Foi ele quem você viu andando pelas ruas na outra noite."

"Provavelmente. Não dá para ter certeza. Talvez não. Ele não ia correr o risco de ser visto."

"Então você aceita a hipótese de que pode ter sido só uma alucinação?", ele perguntou, dando a primeira tragada no cigarro.

"Talvez."

"E Welles não está sozinho. Faz parte de uma seita de artistas supostamente mortos."

"Sim, eu também acho absurdo."

"E essa seita tenta mudar os rumos do universo."

"Eles se consideram vis…"

"E como mudam o universo? Dirigindo filmes vanguardistas?"

"Eles têm um telefone e um microfone especial."

"Uau."

"Eles ordenam mortes. Escolhem quem deve morrer e ligam para assassinos profissionais."

"E quem são esses assassinos profissionais?"

"Sei lá. Pessoas."

"Pessoas?"

"Gente como a gente."

"Eu não sou capaz de matar uma aranha no banheiro."

"Mas se fosse capaz de matar uma aranha, um rato, um boi, um ser humano, seria a mesma pessoa, assistiria aos mesmos filmes, ouviria os mesmos discos."

Antoine pensou um pouco.

"Não. Impossível. Justamente por ser quem eu sou, por gostar dos filmes e das músicas de que gosto, sei que nunca seria capaz de matar alguém. Sou a favor da liberdade, dos direitos humanos. Fui bem educado pelos meus pais. Nem em uma situação de guerra eu..."

"Confie em mim. Preferências intelectuais e ideologias não mudam nada."

"Você está fugindo do assunto. Falando em fugir, como você escapou de lá?"

"Eu corri. Corri muito."

"Então você sabe onde fica a tal mansão."

Não. Eu corri desesperadamente pela estrada de terra, desci o terreno montanhoso e fui em direção às luzes da cidade, até notar que não sabia onde estava, quase ser atropelada por um táxi, entrar, pedir ao motorista que me levasse para casa, desabar no banco de trás, lutando contra um colapso nervoso. Quando levantei, notei que o taxista havia me levado até o hospital, achando que se tratava de uma overdose. Nesse momento, recobrei a lucidez e conversei com o médico, fingindo ser a pessoa mais sã da existência, e ele aceitou que tinha sido um grande engano e pude, enfim, ir para casa. Chegando ao meu apartamento, tranquei a porta e acendi todas as luzes e fiquei andando de um lado para o outro, esperando a noite acabar e o sol nascer para ligar para Antoine e tentar compartilhar com alguém tudo aquilo.

"Não sei onde fica", falei.

Ele bufou. Foi até o armário e começou a revirar uma pilha de roupas até encontrar um mapa. "O labirinto de Los Angeles", ele anunciou. "Comprei o mapa no dia em que cheguei à cidade. A gente vai dar um jeito de achar."

"Você acredita em mim?"

Ele tirou o cigarro da boca e me encarou. "Não."

"Então por que você está fazendo isso?"

"Para que você também deixe de acreditar."

Marcamos à caneta os morros ao redor de Los Angeles, os lugares mais lógicos levando em conta o ponto de origem onde encontrei Welles, as avenidas grandes que eu poderia ter atravessado, e concluímos que só poderia ser uma estrada específica, uma faixa verde e estreita no mapa. Fomos de táxi até a oficina buscar o meu carro, que já estava pronto fazia dois dias, mas o mecânico esquecera de me avisar — ou talvez eu não tenha atendido o telefone —, e de lá partimos em busca da mansão. Eu falei que estava nervosa e ele aceitou dirigir no meu lugar.

Decidimos recriar o trajeto a partir da casa do cinéfilo que tinha uma cópia de *F for Fake*. De início, o lugar parecia muito diferente de dia, com a luz matinal de quem acorda de um sonho e a promessa de calor presente. Porém, logo fui reconhecendo lugares por onde tinha passado, até que atravessamos uma grande avenida e celebrei: "Sim, é por aqui!".

Começamos a subir o morro, a seguir a estrada tortuosa,

meu olho sempre fixo no lado direito, esperando o surgimento do desvio de chão batido. O sol agora estava no alto e a rádio reproduzia "Born in the USA". Abrimos os vidros para deixar escapar o calor e enxergar melhor. Placas nos convidavam a visitar parques e reservas. Pequenos desvios surgiam à esquerda e à direita, todos apontando para lugares populares.

De repente, um caminho de terra apareceu, falei para entrarmos, e seguimos por uns quinhentos metros até nos depararmos com uma lanchonete vazia, única construção no local, e o fim da estradinha de terra.

"Uma lanchonete!", falei, e minha voz soou como um ganido. "Não é nem sequer um daqueles museus de bizarrices americanas. O museu do barbante. O museu do sistema de descarga."

Antoine suspirou. Eu sabia que ele achava que eu tinha enlouquecido, e cada frase minha parecia reforçar essa suspeita. Eu não conseguia evitar. Minha pele parecia eletrizada, qualquer toque no ombro poderia me dar um choque, e, ao falar, as frases surgiam sem que eu pensasse nelas antes, como se o esforço de juntar palavras de forma coerente fosse uma tarefa exclusiva dos meus lábios. Voltamos para a estrada principal e seguimos até um ponto em que estávamos tão longe dos prédios de Los Angeles — a vista da cidade lembrava aquelas imagens de satélite — que falei:

"Acho que já passamos."

"Ou seja, não tem desvio nenhum."

Aumentei o volume do rádio.

"O que você quer fazer? Percorrer tudo de novo?", ele perguntou.

"Não, deixa para lá. Vamos para casa", respondi.

"Eu vou ficar na minha. Você me deixa lá?"

"Não quer fazer alguma coisa? Eu gostaria de..."

"Hoje não."

Olhei para baixo e me senti ridícula.

"Você está com uma expressão desoladora", ele comentou.

"O que você esperava? Pulos de alegria?"

"Não. Exatamente isso. Procurar e não encontrar."

"Sim, porque você não é capaz de acreditar em mim", falei, exaltada, e depois notei que minha reprimenda era descabida. "Desculpa. Sério. Obrigado por me acompanhar até aqui."

Respirei fundo e tentei falar de forma pausada.

"Vamos tomar uma cerveja em algum lugar?"

"Não."

"Certeza?"

"Hoje não. Vou deixar você em casa e de lá pego um táxi, aí você não precisa dirigir."

O rádio começou a tocar "We Are the World".

"Era só o que faltava!", exclamei, minha voz afinando, minha garganta seca.

"O quê?"

"Essa música!"

"É só trocar de estação."

"Essa música me dá náuseas."

"É brega, mas não é tão..."

"Você não está entendendo. Essa música me dá náuseas. Sério."

Tina Turner cantou que amor era tudo de que precisávamos.

"Os caras precisam ganhar dinheiro", ele disse.

"Vou vomitar."

Ele fez sinal de que mudaria a estação de rádio. Segurei a sua mão.

"Não, deixa."

"Isso não faz sentido."

Cindy Lauper, Michael Jackson, Willie Nelson, Stevie Wonder. Brancos, negros, homens, mulheres, americanos, americanos cantando em prol da África e de lindas crianças pobres e sofredoras.

"Eles arrecadaram milhões para curar a fome na África", Antoine comentou, e notei em seus olhos que tudo que ele queria era que eu saísse do carro.

"Eles são muito bonzinhos mesmo."

"Podia ser pior, eles podiam não estar fazendo nada. Gastando tudo em pó."

"Eu sei, eu sei."

"Sabe mesmo?"

"Sim, você tem razão. Mas não deixa de ser constrangedor."

"Por que seria con..."

"Vamos tomar uma cerveja?"

"Não, já falei que não."

"Por que não?"

"Hoje não."

Em instantes ele me deixaria em casa e a maldita música continuaria reverberando no meu cérebro. Dezenas de artistas pop reunidos para compor a música mais grudenta da década, um verdadeiro ato de terrorismo. Quando chegar em casa, preciso pôr para tocar um disco, um disco qualquer, preciso tirar essa música da minha cabeça, pensei.

"Por favor, vamos tomar uma cerveja."

Ele bufou.

"O que você quer que eu faça, implore?"

"Não."

"Só não quero ir para casa agora. Só isso. Não quero ficar sozinha."

Ele não respondeu e não trocamos mais nenhuma palavra até o fim do trajeto. O carro estacionou na minha garagem. "Bom, a gente se vê", ele disse, e saiu da garagem e não tive escolha além de entrar na minha casa, que se encontrava intocada, estática, presa no tempo.

5.

Por dias, dormi de luz acesa, embora, é claro, quase não tenha dormido, apenas apagado por alguns minutos, quando a *witching hour* terminava, mas logo despertava sobressaltada, e tinha a impressão de que alguém havia invadido a minha casa. Então, conferia a porta da sala, a porta da cozinha, abria e fechava todas as trancas, as três de cada (telefonei para um chaveiro e pedi para instalar mais duas assim que Antoine me deixou em casa naquele dia), me certificava de que as janelas estavam fechadas, abria a persiana para conferir se não havia nenhuma movimentação suspeita do lado de fora, voltava a me deitar, sempre posicionando meu corpo de lado no colchão, encarando a janela, como o austríaco que morria de medo de um monstro verde.

Saí de casa apenas uma vez, para ir ao supermercado comprar pão, queijo, carne e vinho, e tive a impressão de que um Mercedes preto me seguia. Observei o carro pelo retrovisor. Era impossível enxergar o rosto do motorista, ou se havia mais alguém no veículo. Dobrei à direita e o carro também dobrou. Entrei à esquerda e ele fez o mesmo. Segui reto três quadras e entrei à direita. O carro preto continuou reto. Pensei que pudesse ser alguma artimanha, portanto continuei dirigindo por quadras e quadras, mas não voltei a ver o carro preto. Acabei desistindo de ir ao supermercado. Voltando para casa, notei que a geladeira estava vazia e deprimente. Pedi uma pizza por telefone e depois me arrependi, pois o entregador de pizza poderia ser um assassino. Liguei de volta cancelando o pedido. Desci a pé e saí correndo até a padaria mais próxima, onde comprei pão e frios o suficiente para me manter por uma semana.

Mas ninguém apareceu. Não sofri nenhum atentado. Em sete dias, devo ter dormido apenas umas quatro ou cinco horas. E, no entanto, foi um dos períodos mais pacíficos da minha vida. O telefone não tocou, nenhuma carta chegou por baixo da porta. Antoine não apareceu, não apertou a campainha. Mais uma semana se passou e absolutamente nada aconteceu. Eu me sentia apática e sedada, e culpava a falta de sono. Uma manhã, acordei e entendi que nada ia acontecer, que ninguém tentaria me matar, que ninguém estava interessado nisso. Pensei naqueles casos que aparecem no jornal, pessoas solitárias que são encontradas mortas em seus apartamentos já em estado de putrefação, pois ninguém as visitava ou entrava em contato com elas havia dias. Pessoas que desaparecem do mundo e ninguém dá falta. Corpos em decomposição que só causam alarde quando o cheiro se torna tão forte e insuportável que alcança as narinas dos vizinhos do apartamento de baixo.

Antoine retornou a Paris. Em parte porque o seu curso terminara, em parte porque ele não tinha mais nada para fazer em Los Angeles. Não posso culpá-lo. Mais uma vez, a única pessoa que posso culpar por qualquer coisa na minha vida sou eu mesma.

Antoine a milhares de quilômetros de distância. Meu tio ainda mais longe, em algum canto de um Oriente que, na minha mente, sempre parecerá uma réplica das lojas com cheiro de incenso e curso de ioga no segundo andar. Ele diz estar em paz, o que, no caso dele, deve ser um sinônimo para "feliz", e quem sou eu para contestar?

Minha irmã também está em paz. Não que eu acredite em céu ou inferno, como já disse. No caso dela, penso que não sentir nada, deixar de existir, é estar mais próxima da alegria que de qualquer forma de vida. Torço, com todo o meu corpo, para que não exista céu ou inferno. Não desejo que minha irmã se reencontre, nem em planos metafísicos, com meu pai. Minha mãe também está em paz, ela e o "pessoal da firma", aproveitando o Rio de Janeiro, embora pudesse muito bem estar em Vênus ou Saturno.

Welles está em algum lugar, embora não seja possível dizer qual. Cremado em um funeral insosso, conta a história oficial. Em uma seita poderosa, conta uma voz na qual não sei se posso acreditar. Vagando por *frames* de películas, como um espectro de muitas idades, dando corpo a uma força sobrepujante, em que vemos o fantasma de sua silhueta, que não é mais de carne e osso, mas de celuloide. Orson Welles, o homem cujo último legado, descobri ao folhear uma revista de fofoca cinematográfica, acabou sendo a gravação para o desenho animado *Transformers*, no qual interpretou um deus devorador de planetas, papel sobre o qual ele me contou em um de nossos almoços, mas que imaginei que não tivesse chegado a gravar. O filme estrearia em agosto e traria a última frase emitida por Welles em celuloide: "Você não pode destruir meu destino!". Esse tinha sido seu Rosebud cinematográfico, pensei. A revista de fofocas ainda informava que a gravação havia sido feita cinco dias antes da morte de Welles, e a voz do grande homem estava tão fraca que teve de ser salva por um sintetizador. Que ironia tão violenta: uma voz reconhecível de pronto por seu poder e gravidade totalmente alterada por equipamentos eletrônicos. Prometi a mim mesma nunca assistir a *Transformers*. Welles está em algum lugar, está distante da minha vida, mas não quero pensar que ele se transformou em uma engenhoca metálica.

E agora estou sozinha, completamente sozinha. Não tenho nada o que esperar de Los Angeles. De repente, a minha casa não parece mais uma casa. Mas o Rio de Janeiro também não. Não tenho para onde voltar, e não tenho para onde ir, pois todo lugar é qualquer lugar. Parei de atender ao telefone, nas raras vezes em que ele tocava, com medo de receber outra oferta de emprego. Mesmo desempregada e com dinheiro o bastante para não me preocupar com o assunto por meses e meses, é difícil atingir um estado tranquilo de espírito. Nem mencionarei dormir. Quando leio matérias que dizem que a quantidade saudável de sono para uma pessoa da minha idade é de oito horas, quase me engasgo de tanto rir. Nem o silêncio da minha casa vazia, nem a ausência de compromissos ou cobranças, nada disso parece proporcionar tranquilidade, apenas uma ilusão de calma. Às vezes vou à padaria e desato a falar com a mulher no caixa, pois passo dias sem conversar com ninguém e as palavras vão se acumulando dentro dos meus pulmões e acabam expelidas na menor oportunidade.

No dia do meu aniversário de vinte e seis anos, fiquei completamente sozinha, a porta de casa trancada, as persianas abaixadas, escutando discos e mais discos, jogada no sofá, tentando extrair alguma lição das letras de música de gente que viveu uma vida em tudo distinta da minha. "Então isso é a permanência", lamenta Ian Curtis no início de uma canção que encerra afirmando: "Preciso encontrar meu destino, antes que seja tarde demais".

Ian se enforcou. Eu não posso me enforcar, pensei. Então

comprei um caderno espiralado preto e comecei a escrever estas linhas.

"Uma arma carregada não o libertará", afirma Ian Curtis agora, e sinto que estou no final das minhas anotações, ainda no sofá, ainda ouvindo os mesmos discos. Tenho vinte e seis anos e a maioria das pessoas me consideraria uma mulher *experiente*, uma mulher *vivida*. Viajei, matei e assisti a *Cidadão Kane*. Assisti a *Cidadão Kane* e isso não me salvou. Assisti a tantos filmes e ouvi tantos discos e li tantos livros e visitei tantos museus e nada disso me salvou. Escrevi estas linhas e não sei o que fazer com isso.

Penso no último filme inacabado de Welles, *Os sonhadores*, e penso se *esse* filme seria capaz de me salvar. Será que algum dia poderei rever os rolos que ele gravou em casa, as cenas oníricas com um anjo chamado Oja? Ou a película irá direto para um museu? Ou, pior, será que as expectativas pessimistas quanto ao futuro da arte se concretizarão e os trechos serão tachados de desinteressantes e largados num canto empoeirado por pessoas que nunca entenderam o valor da obra de Welles?

Penso no conto de Isak Dinesen que tanto inspirou Welles, na história da cantora de ópera que perde a voz em um incêndio e decide forjar a própria morte para, então, viver muitas outras vidas. O seu monólogo, recontado pelo velho judeu que seria interpretado por Welles na adaptação: "Eu sinto — tenho certeza — que todas as pessoas do mundo deveriam ser, cada uma delas, mais do que uma pessoa, e aí então todas, sim, todas elas, deixariam de carregar um fardo no coração".

Eu não seria capaz de me enforcar, repito, pensando mais uma vez em Ian. Mas Ana precisa morrer, penso. É necessário fechar este caderno e escrever um F enorme em sua capa preta, um F de falso, de ficção. É preciso chamar estas linhas e toda a minha vida de ficção, e assim matar Ana, e assim estar livre para viver outras vidas. Mas eu não sei nem por onde começar a viver essas novas vidas, e gostaria sinceramente de dizer que as dúvidas são tantas, mas não há dúvidas, e não há respostas, e não há por onde começar, pois não espero nada deste mundo, não consigo lutar por um mundo que não parece ter esperanças de melhora, ou talvez tenha, mas o certo é que não há esperança para mim, não nessa linha reta que aponta para o futuro. Tenho apenas a certeza de que preciso terminar, não há outra saída, na verdade, não há saídas, há apenas um caminho, que é esse, o único caminho existente, uma linha reta de A a B que pode parecer tortuosa quando vista sob a lente de um microscópio, mas que, observada de longe, é uma linha reta, e esta é mais uma parte da linha, a parte que precisa ser encerrada. Não tenho mais nada a relatar e o único futuro que enxergo para estas páginas são as chamas de uma fogueira improvisada no meio da noite de Los Angeles. Preciso escrever um F na capa. Preciso queimar o livro antes que achem que o F é de futuro. Preciso parar de escrever. É hora de encerrar. Assim que este caderno for fechado, terei desaparecido.

Nota do autor

Ainda que *F* seja uma obra de ficção, alguns livros sobre Orson Welles foram usados como referência, e diversos diálogos do romance foram extraídos de algumas obras de não ficção, ainda que tenham sido levemente modificados. Dou o crédito, portanto, aos livros:

Chris Welles Feder, *In My Father's Shadow: A Daughter Remembers Orson Welles*.

Peter Bogdanovich; Orson Welles, *This is Orson Welles*.

David Thomson, *Rosebud: The Story of Orson Welles*.

Pauline Kael, *Criando Kane*.

Paolo Mereghetti, *Masters of Cinema: Orson Welles*.

Mark W. Estrin (Org.), *Orson Welles: Interviews*.

Cahiers du Cinéma — Festival International du Film de Locarno (Org.), *The Other Side of the Wind: Scénario*.

Peter Biskind (Org.), *My Lunches with Orson: Conversations Between Henry Jaglom and Orson Welles*.

Apesar da pesquisa, uma série de erros factuais (que prefiro chamar de “liberdades possíveis na ficção”) foram cometidos por questões narrativas, como o horário da morte de Welles, além de interpretações claramente equivocadas, como a que Ana faz da letra de “Dead Souls”, tirando os primeiros versos de contexto e ignorando o resto, algo que mantive não apenas por serviço à narrativa, mas porque era a interpretação que eu também tinha aos vinte e cinco anos de idade.

Agradecimentos

Agradeço aos que leram e opinaram decisivamente sobre o livro: Bruno Mattos, Carmen Xerxenesky, Gabriela Castro, Samir Machado de Machado, Bruno Crepaldi Thomaz, Antônio Xerxenesky (meu pai) e, é claro, Vivian Wyler, minha editora.

1ª EDIÇÃO [2021]

ESTA OBRA FOI COMPOSTA PELA SPRESS EM ELECTRA E IMPRESSA PELA UMLIVRO EM PROCESSO DE IMPRESSÃO SOB DEMANDA SOBRE PAPEL PÓLEN SOFT DA SUZANO S.A. PARA A EDITORA SCHWARCZ A PARTIR DE AGOSTO DE 2021